SCION
曹司の
SAINT
い聖者生活

ねぇ、オウガ……一緒に生徒会やろう……？
オウガくん……
ボク、朝から放課後まで
もっと長くいたいよぉ

そんな上目遣いでお願いされても
俺は負けない……！

万全の状態を上から実力でねじ伏せる。
こちらの方がわかりやすくていいだろう？
俺は腰のポーチから鉄のコインの束を取り出すと、
そのまま指ではじき飛ばした。

大丈夫。当たってもちょっとしびれるだけですから
微笑みながら鞭を振るう彼女の姿は
まるで夜の女王様のようだった……

Character
オウガ・ヴェレット
現代日本から悪徳領主の息子に転生し、王立魔法学院に通う。四大公爵家・ヴェレット家の長男。魔法適性を持たないものの、強靭な肉体を持つ。特技は努力。

アリス

元聖騎士団総隊長。現在はオウガ専属のメイド兼護衛。主を【救世主】だと信じ行動する。特技は戦闘。

マシロ・リーチェ

王立リッシュバーグ魔法学院の一年生。複数魔法適性者。平民出身。オウガに好意を抱く。特技は耳かき。

レイナ・ミルフォンティ

王立リッシュバーグ魔法学院の生徒会長。学院長の弟子。オウガに興味を抱く。特技は紅茶を淹れること。

カレン・レベツェンカ

王立リッシュバーグ魔法学院の一年生。四大公爵家の一角。オウガの幼なじみであり、婚約者となる。

Character
フローネ・ミルフォンティ
王立リッシュバーグ魔法学院の学院長。【雷撃のフローネ】と呼ばれる英雄でもある。腹の底が読めないとオウガを警戒。

悪役御曹司の勘違い聖者生活 2

VILLAIN SCION / SAINT

～二度目の人生はやりたい放題したいだけなのに～

Story
木の芽

Illustration
へりがる

◆プロローグ◆

アルニアとの決闘後～学院魔術対抗戦

王暦アンバルド25年☽月○日

決闘を終えたらカレンの婚約者になりました。

ちょっと待ってくれ。

おかしいだろ。学院長に抗議に行けばサムズアップしてくるし……カレンのクソ親父《おやじ》もなんであっさりと認めてるんだよ。

悔しそうな顔してるなら粘れ。

カレンとはあの日からまだ会えていない。

なんでも準備が必要なのだとか。結婚式じゃないのはわかったので、一安心したが……。

今から考えても仕方ないか……。

とりあえず今は婚約が決まってから不機嫌なマシロのご機嫌をとるとしよう。

王暦アンバルド25年☽月#日

こう……浅はかなのは俺だったのではないだろうか。

外見だけで人を判断し、評価を下す。

なんともひどい行いをしてしまったと反省している。

カレンが男装をやめて、女子の制服を着て登校してきた。

大きく変わったところが一つ。

胸がすごく厚くなっていた。

もう制服が歪《ゆが》むくらい膨らんでいた。

そして、俺はカレンとの婚約を受け入れた。

だって仕方ないじゃないか。

こんなにおっぱいが大きくて、可愛《かわい》くて、俺のことを好きでいてくれる女の子を拒否する方がおかしい。

これ以上の条件なんて学院中を探しても見つからないだろう。

よって、俺はカレンの婚約者として励んでいこうと思います。

王暦アンバルド25年☽月▽日

生徒会役員に任命された。

おいおいおいおい。改めて認識すると意味がわからない。

カレンの婚約者になったことで立場が少しでもよくなるよう学院長からの配慮の結果とのこと。

報連相はどうした。権力を活用して、覆《くつがえ》せない状態にしてから発表するな。

あのクソババア、マジでいつかぶっ飛ばす。

問題はそれだけではない。

まさかのマシロも生徒会役員入りである。

カレンと二人きりの時間が増えるのに反対していた彼女は自ら立候補したのだ。

嫌がる俺に対してカレンとマシロの我が二大巨乳ヒロインたちが上目遣いでお願いしてくる。

くっ！　俺はおっぱいに負けたりしない。

しないんだからな……！

王暦アンバルド25年☽月☆日

生徒会役員になりました。

何も見たくない、聞きたくない、思い出したくない。

あの醜態を晒《さら》した自分を思い返すだけで心に傷を負うので記憶を封印する。

全て見透かしていましたよと言わんばかりのミルフォンティの笑顔にめちゃくちゃ腹が立った。こうして生徒会入りを果たしてしまったわけだが、どうも俺に期待しているのは普段の業務ではないらしい。

学院長の本当の狙いは俺とマシロの学院魔術対抗戦への代表入りだった。

王暦アンバルド25年☽月⇒日

学院魔術対抗戦とは各地方に存在する九つの魔法学院が生徒の実力を競わせる、言い換えれば生徒の自慢大会か。

三人一組《スリーマンセル》を十チーム、計三十人の代表を選出。

様々な部門に分かれて争うわけだが、どうも俺とマシロをミルフォンティのチームに組み込みたいらしい。

話を聞くに昨年の学院魔術対抗戦ではあの【雷撃のフローネ】の弟子であるミルフォンティを擁しながら準優勝に終わり、同じチームを組んだ先輩方はずいぶんとバッシングを食らったらしい。

貴族だけで構成されるだけに他の平民が混合した学院に負けるのが屈辱だったのだろう。

ミルフォンティ自身は結果を出したから批判の嵐だったそうだ。

それらを鑑《かんが》みるに俺は生け贄《いにえ》といったところだろう。

万が一の敗北も許されない状況で、他の奴《やつ》らはプレッシャーから逃げたわけだ。

その点、俺は悪評蔓延《はびこ》る男なので批判の的にはちょうどいい。

生徒会入りは嫌だが、代表として出るのには好都合だったりする。

選手として他校の生徒に接触できれば、将来的な引き抜きのために有望な生徒とのつながりができるからだ。

世の中全員が全員、善人ではないし、中には雇用先が欲しい生徒たちだっている。

こんなにも貴族の子息令嬢が集まっているのは王立の我が校《リッシュバーグ》だけだ。

そういう生徒たちにとって公爵家というバックがある俺は有力な雇用主候補になる。

もう学院内でハーレム候補を探すのは難しい。

ならば、外へ目を向けるとき！

いるかな～、おっぱいが大きくてかわいい子！

王暦アンバルド25年☽月?日

長く共に時間を過ごすことで気づいたが、レイナはできる女だ。
気が利《き》くし、マシロたちとの仲も良好だし、俺に対しても物怖《ものお》じしない。
何より淹《い》れる紅茶が美味《うま》い。
あまりに俺が褒めるものだからアリスが珍しくへこむくらいには美味《うま》い。
そして、俺は奴《やつ》が同志であることに気づいてしまった。
同じ道を歩んだ者として、かの邪知暴虐なフローネから救い出してやろうと思った。

王暦アンバルド25年☆月♡日

学院魔術対抗戦はラムダーブ王国で行われる。
聞けばレイナの生まれ故郷なのだとか。
一度は魔族との戦争によりどん底まで落ちたが、今は観光名所として栄えている。

ある種、ここでの成績が将来に直結しない俺たちは旅行気分だ。

レイナも久々の故郷で回りたい箇所がたくさんあるのだろう。

あまり自分の意見を言わない彼女にしては珍しく単独行動が増えた気がする。

気にかけておくとしよう。

それはそれとして、マシロさん？　嫉妬して服を引っ張るのはやめてくれ。

王暦アンバルド25年☆月▲日
俺たちのチームは当然、レイナとマシロの能力が活《い》かせる魔法戦部門でエントリーされている。

抽選で四ブロックに組み分けされ、トーナメント方式で優勝校を決める。

まさか他校にまでアルニアみたいな奴《やつ》がいるとは……どこの学院にもやっぱり一人はいるのだろうか。

ああ、思い返したらむかついてきた。

明日の本戦でどちらが真の強者かわからせてやる……！

王暦アンバルド25年☆月@日

レイナの香りがすごく好みだった。

相性の良《よ》し悪《あ》しってあるんだなぁ……。

王暦アンバルド25年☆月A日

無事に決勝戦進出を決めた俺たちだったが、どうもきな臭い話が回ってきた。

各校の代表生徒が数名、行方不明になっているらしい。

これ以上の被害者を出さないために各学院の教師陣で見回りをすることが決まった。

流れとはいえメンバーに俺とマシロ、レイナも含まれることになったが……仕方ない。これも必要経費と割り切ろう。

俺も今からマシロと見回りを開始するので気を引き締めていきたいと思う。

続きは見回りを終えてからだ。


～～～～～～～～ここで日記は途絶えている～～～～～～～～

◆Stage2-1◆ さようなら、自由な学院生活

まだ太陽も昇り切っていない時刻。

自室のカーテンは閉め切り、ドアの鍵も閉めた。

これで誰も邪魔することはできない。俺とアリスの秘密の行いを。

「オウガ様、そんなっ……」

「ククッ、いつもの威勢のよさがないじゃないか」

「しかし、このようなこと……私にはっ……！」

「俺の命令は絶対だ。違うか、アリス？」

「……っ！」

「理解したなら早く相手してもらおうか。この俺を——」

「——お前の剣で切ってみてくれ!!」

そう言って、俺は上半身の服を脱ぎ捨てる。

アリスは悔しそうな表情を浮かべながら、己の剣を上段へと構えた。

「まさかオウガ様を守るための剣を、オウガ様に向けなければならないなんて……！」

「心配するな。理論は完成させた。お前は俺を信じられないのか？」

「……かしこまりました。それではアリス……全力で参ります！」

一気に膨れ上がる彼女の闘気。少しでも気を緩めたら呑《の》み込《こ》まれてしまいそうな気迫に、俺はニヤリと笑みを浮かべた。

負けじと俺も魔力を全身へと巡らせるイメージを浮かべる。体中に流れる血液と混ざり合って、どんどんと循環を加速させていくように。

全身が熱を帯びていき、肉体が膨張するのではないかと思った瞬間。

「――疾っ！」

アリスが剣を振り下ろした。

しっかりと体重を乗せられた刃は俺の柔肌を切り刻まんと接触し――ピタリと鋼鉄にでも当たったかのように動きを止めた。

俺とアリスはほぼ同時に顔を上げて、見合わせる。

「オウガ様……これは……！」

「ああ、実験成功だな」

「おめでとうございます、オウガ様！」

アリスは剣をしまうと俺の元に駆け寄り、手を握ってぶんぶんと振った。

俺と彼女が行っていたのは肉体をどれほどまで強化できるかという試みだ。

以前アリバンから入手した【肉体強化エキス《ドーピング》】を調べた結果、心臓の動きを何倍にも促進させる成分が混入しているとわかった俺は、体内の魔力を操れば同様の効果が得られる可能性があることに気づいた。

これを極めれば魔法が使えなくとも戦うときの手札が増える。

そのため俺はアリス協力の下、密《ひそ》かに研究を進めていたのだ。

「まだ第一段階ではあるが斬撃への効果は立証された。しかも、体感だが【魔術葬送《デリート》】よりもコストパフォーマンスがいい」

【魔術葬送《デリート》】は使用する際に相手の魔力を上回る量の魔力を必要とする。つまり、相手依存な部分があった。

俺は魔法適性こそないが、魔力量は突き抜けて多い。これまでは膨大な魔力量でゴリ押しできていたが、今後はそれが難しいときも出てくるだろう。

そのいつかに向けての対抗策を完成させるのが、今回の研究目的だ。

異常な回数の筋肉の膨張と収縮を繰り返させることで肉体の靱性《じんせい》を強化する。

ここまで強固な効果が得られたのは魔法適性と引き換えに持って生まれた強靱《きょうじん》な肉体のおかげもあるだろうが、アリスの攻撃を受け止められたのだから実戦投入のめどは立った。

なら、次に試すべきは……。

「次は魔法にも通用するか……でございますね」

「ああ。これは【魔術葬送《デリート》】に次ぐ新たな武器になるかもしれない」

さて、喜ぶのもこれくらいにしておこう。

俺にはまだ残されているミッションがあった。

「アリス。今日はこれで終わりにする……例のブツは届いているか？」

「はい。全ては滞りなく」

よし。今度こそは成し遂げてみせる。

俺はここ数日、とある事実に頭を悩ませていた。

カレンとの婚約話も一つではあるのだが、それよりも大きな問題がのしかかっているのだ。

新たな発見をした喜びも消え去るくらい憂鬱なイベントが……。

◇◇◇◇◇

「おはよう、マシロ。今日も太陽のように明るいマシロと一緒にいられて俺は嬉《うれ》しいよ」

「……おはよ」

カレンとの婚約が決まったあの日から俺の癒やしだったマシロは変わってしまった。

あんな朗らかに笑顔を振りまく子だったのに、ツンツンと最近は冷たい。

どうにかして彼女の機嫌をよくしようとアクセサリーをプレゼントしたり、休日を丸々彼女と過ごしたりしたのだが効果は薄い。

以前彼女がしてほしいと言っていた王子様モードでしゃべりかけているのもその一環だ。

「実はマシロのために取り寄せたものがあるんだ。受け取ってくれないか？」

「……オウガくんはボクが高価なものを与えたら喜ぶ女だと思ってるの？」

「そ、そんなわけあるはずないだろう？　ちゃんと気持ちを込めたものさ」

「……ふーん。女心がわからないオウガくんが……」

思わず胸を押さえてしまうような棘《とげ》のある言葉が突き刺さる。

くっ……！　前世からの恋愛経験の少なさがハーレムを目指す上で障害になっている……！

もちろんマシロは金目のもので釣れる子じゃないのは理解しているし、これが正解ではないんだろうなと薄々は気づいている。

だが、もうすでに口にしてしまったのだ。

今さら嘘《うそ》だなんて言えるわけがないだろ！

要は高価な品でも気持ちがこもっていれば問題ないんだ。

俺の持ちうる限りの言葉で装飾して、押し通す！

意を決した俺はアリスから受け取った箱を開けて、中身を彼女に見せる。

「オウガくん……⁉　こ、これって……」

「これが俺の日頃のマシロへの気持ちだ。受け取ってくれ」

そう告げると、マシロはおそるおそる箱に鎮座していた──指輪を手に取った。

この指輪は魔石──名の通り、魔力がこもった特別な石──がはめ込まれた魔道具でもある。

魔石は存在自体が珍しく、それを加工して作成される魔道具はほとんど流通していないのだがタイミングよく手に入れることができた。

その分、値は張ったが金よりもマシロの方が大切に決まっている。

彼女みたいに素敵な子は探してもきっと見つからない。友は金では買えないのだ。

「ほ、本当にいいの？　ボク……平民だよ？」

「平民？　そんなこと関係ないだろ？　マシロだから俺はここまでしているんだ」

俺たちの間柄で気にする必要もないだろうに。

この魔道具《ゆびわ》があればマシロの実力はもっともっと伸びる。

俺も嬉《うれ》しい。マシロも嬉《うれ》しい。双方とも喜べる素晴らしいチョイスではないだろうか。

「すごくきれいだね……」

「マシロの右の瞳と同じ蒼色《あおいろ》で、お前に渡すならこれしかないと思った」

俺はマシロにとても感謝している。

彼女と時を共にすることで俺の日常がどれだけ楽しくなっているか。

確かに引きこもり時代の研究三昧な日々も楽しかった。

だけど、元をたどれば俺は好き放題するために努力していたわけだ。

ハーレム形成も夢の一つ。その夢が叶《かな》っているのだから、これほど楽しいことはない。

そんなお礼の気持ちを込めたのだが、彼女にはちゃんと伝わっただろう、か……!?

「マ、マシロ!?　どうして泣いているんだ!?」

「……ひっぅ……だ、だって、オウガくんが……本気でボクとの未来《こと》を考えてくれていたんだって……うれしくて……」

「当たり前だろう。俺は自分の行動には責任を持つ男だ」

「そうだよね……。オウガくんはいつだってそうだった。レベツェンカさんとの件だって頭ではわかっていたのに……いざ現実になるとボク、嫉妬しちゃって……」

ん？　どうしてここでカレンが出てくるのだろうか。

どうにも話の展開が読めないが空気は読めるので口は挟まない。

「これ……一生大事にする。ちゃんと持っておくから……結婚式《そのひ》が来たらオウガくんからはめてね？」

「いや、今すぐはめてほしいんだが……」

「えっ、えぇっ!?」

「めちゃくちゃ跳んだな……」

驚いた様子で後ろに飛び退《とすさ》るマシロ。

だって、身につけておかないと効果ないし……。

「だ、だめだよ！　そ、そんな……ボク、学生なのにひ、人妻に……!?」

距離ができたせいで何を言っているのかよく聞き取れない。

ただ赤面したり、顔を手で覆ったりと荒ぶっているのはわかる。

「……アリス。俺はどう声をかけるのが正解なんだ？」

「しばらくそってしておくのがよろしいかと」

「ならば、アリスの言う通りにしよう。なに、時間はまだあるからな」

「……この一点に関しましては私はオウガ様の将来が心配になってまいりました」

何を言っているんだ、アリスは。

こうして俺はちゃんと問題を解決できたじゃないか。

正直、マシロが不機嫌になっていた理由はまだわかっていないけど。

「オウガくん！　なに笑ってるの！」

ははは、そりゃ笑うさ。俺の知っているマシロの姿に戻ったんだから。

いや～、これでマシロに関しては一件落着。

今日はきっと素敵な一日になるな。

◇◇◇◇◇

「えへへ……うぇへへ……」

マシロが頬をとろけさせて、俺が先日プレゼントした指輪を見つめている。

結局、指にはめることはかなわずチェーンに通してネックレスという形で日常使いすることで落ち着いた。

「そうだ、オウガくん。今度お母さんとお父さんが会いたいって言ってるんだけどいいかな？」

「別に構わないが……なら、夏の長期休暇にヴェレット領に招待しよう」

自分の子供が将来働く環境が気になる親御さんの気持ちはよく理解できる。

マシロには魔法学院を卒業後はすぐにヴェレット領に来てもらうつもりだから、きっと心配になったのだろう。

これは実に好都合な話だ。

「クックック……盛大に歓迎してやろうじゃないか」

「本当⁉　二人とも喜ぶだろうな〜」

両親は初日だけ騙《だま》してしまえばこっちのもの。

俺はマシロを手放すつもりはない。

彼女は俺にとって日々に笑顔を添えてくれる大切な人間。

一生を共にしたいと思える愛すべき存在だ。

「服装も普段着で構わない。もし気後れするなら貸し出そう。その他にも心配事があるなら遠慮なく言うように伝えておくといい」

いろんな理由をつけて逃げられるのが最も嫌な結果だ。

先にこうして封じておけばマシロの両親も無下にはできないだろう。

「うんうんっ！　きっと二人とも喜んでくれると思う！」

「フッ、もちろんだ。この俺が招くのだから客人を不快にさせる真似《まね》は絶対にさせん」

「ふふっ、驚くだろうなぁ。こういう未来はボクも入学前は想像していなかったし」

ほわほわとした雰囲気でニコニコしているマシロ。

……どうやら機嫌は完全に戻ったようだな。

やはり魔道具は効果てきめんだったか。しかし、考えれば当然の帰結だった。

立派な魔法使いを志す者が喜ばないわけがない。

チラリとアリスに視線を送ると、小さく指でわっかを作っていた。

どうやら今の会話は合格点を超えたようだ。

クックック、俺は自身の成長が恐ろしいよ……。

そんな良《い》い気分に浸りながら一限目のチャイムが鳴るのを待っていると、聞きたくない言葉が放送によって強制的に耳に届けられる。

『オウガ・ヴェレットくん。マシロ・リーチェさん。フローネ・ミルフォンティ学院長よりお話があります。今すぐ学院長室に向かってください』

「……気が滅入《めい》る」

始業前にもかかわらず呼び出し。

間違いなく授業をまたぐ。生徒としての役目を放棄させるということは、それだけ緊急性を持つということだろう。

となれば心当たりなど一件しかない。

「なんだろうね？　この前の決闘関連かな？」

「俺だけでなくマシロも呼ばれているからそれが妥当だろうな」

マシロは決闘の景品として指定されていた立派な関係者である。

だが、狙いは俺が確実に赴く状況を作り出すことだろう。

俺だけの呼び出しなら無視していたが、マシロも一緒なら話は別だ。

いじめられていたこともあった平民の彼女を教室で一人きりにするのが嫌だった、という大義名分を封じられた。

要は俺がマシロの両親の退路を断とうとしているのと同じように。

以前みたいに手紙でなく、放送で呼び出すあたり『絶対に来い』という意志を感じる。

「直々のお呼び出しだ。行くか」

「うんっ。大変なことじゃないといいんだけど……」

「マシロは心配する必要はないさ。……おそらく俺の婚約《アレ》についてだろうから」

「あ〜……アレかぁ」

実を言うと俺はまだカレンとの婚約を受け入れていなかった。

当然だ。俺のハーレム結成危機をおいそれと認められるか。

何のために学院に入学したと思う。

「……？　ボクの顔に何かついてる？」

そう……おっぱいが大きくて、可愛《かわい》い子を我が手中にするため……！

これがもし絵物語だったら俺とカレンは幸せなキスをして閉幕していただろう。

しかし、俺の人生も、カレンの人生もまだまだ続く。

何より俺はNOと言える男だ。

あの流れからカレンの婚約を破棄すれば悪評はさらに飛び交うだろうが、今さら1が10になろうが100になろうが変わらん。

すでに悪そのものである俺がどれだけ悪行を重ねようが、日々には影響を及ぼさない。

「……マシロ。お前はどんな結果になっても手放さないからな」

「――っ⁉　きゅ、急にどうしたの……⁉」

「なに、ちょっとした意志確認だ。マシロも同じことを思っていると信じている」

……ないとは思うが、万が一。

マシロが俺から離れようと思っていたら俺はショックで死ねる。

できる男は慎重に、時に大胆に事を進める。

彼女の意志を見極めるために言葉を投げかけた。

「……うん。ボクはどんなときでもオウガくんから離れないよ。あのとき、ずっとついてこいって言ったんだから、ちゃんと責任はとってもらうんだからね……」

そう言って、マシロは俺の腕に寄り添うようにそっと抱きつく。

彼女の返事に俺は自分の態度を恥じた。

……そうだ。俺の芯がブレてどうする。

思わず前世の心配性の性格が顔を覗《のぞ》かせてしまった。

「……ああ、その通りだ」

「えへへ、よかった。忘れられたのかと思っちゃったよ」

「そんなわけがない。いいか、マシロ。俺は口にした言葉は絶対に忘れない」

マシロはなんと良《い》い奴《やつ》なのだろう。

ちゃんと俺への恩を心に刻んで、こうして毎日励んでいるではないか。

うんうん、これなら離れる心配はなさそうだ。

「オウガくんがどんな決断をしたとしてもボクは受け入れるよ。……嫉妬はしちゃうかもだけど」

「それは勘弁願いたいな」

「これぱっかりは約束できないな～」

マシロはニヤニヤと笑いながら、俺の脇腹をつつく。

「おぉ、カチカチ！　やっぱりオウガくん鍛えてるんだね」

「当然だ。毎日アリスに確認してもらっている」

「えっ⁉　じゃあ、アリスさんはオウガくんの裸を毎日見てるってこと⁉」

「はい。適切な肉体作りをするためには必要ですので。……それ以外にリーチェ嬢が思われているようなことはありませんよ？」

「べ、別に何にも思ってないですし！　……でも、そっかぁ。ボクもトレーニングした方がいいのかなぁ」

「なら、明日から一緒にやるか。軽いメニューを用意しておこう」

「では、早朝。私がリーチェ嬢を迎えにあがりましょう」

「やった！　ボク、頑張るよっ！」

マシロとトレーニングの約束を取り付け、教室を出ようとしたそのとき。

ちょうど俺たちの前に割って入る二つの人影があった。

アシンメトリーな髪型をした痩せ型の男といかにも肉体自慢が好きそうな短髪の男。

ずいぶんとチグハグな組み合わせだが、共通しているのは俺に向ける視線に負の感情を抱いていることか。

「……俺に何か用か？」

「ずいぶんと舐《な》めた口を利《き》くな、新入生。アルニアを倒して気が大きくなったか？」

「アルニア、ねぇ……」

俺に倒された奴《やつ》は国王に謹慎を言い渡され、登校していない。

放任していた国王も流石《さすが》に今回ばかりは堪忍袋《かんにんぶくろ》の緒が切れたと父上がコトの顛末《てんまつ》を教えてくれた。

国王が納得するまで王城で徹底的に道徳を叩《たた》き込《こ》むのだとか。

あの一件を経て、アルニアの株は大暴落。

これではとり入っていた意味がないとアルニアの女たちが文句を言っていたのを小耳に挟んでいる。

「そっくりそのまま言葉を返そう。気が大きくなったのはお前らだ。王太子がいない今、学年の権力を握ろうとしている。違うか？」

「ふふ……ご明察。そのためにもあなたは邪魔なのですよ、オウガ・ヴェレット」

同じ新入生の中でアルニアを除けば、爵位が最も上なのは公爵家。つまり、俺とカレン。

だが、カレンはアルニアの婚約者だったし、俺は魔法適性のない【落ちこぼれ】。

奴《やつ》らも特段気にはしていなかった。

しかし、ここで俺がアルニアを倒し、実力を世間に知らしめた。

こうなれば話が変わってくる。のし上がろうとする野心を持った輩《やから》にとって、俺は真っ先に狙われる立場に早変わりというわけだ。

「アルニアも十分に魔法使いとして実力があった。そんな彼をあなたは倒した。では、あなたを私たちが倒したなら……？」

「実力が認められて、一年での代表入りも夢じゃねぇってわけだ」

「俺ならば倒せると踏んで、意気揚々と二人でやってきたわけか」

代表入りが何のことを指しているのかはわからないが、要は喧嘩《けんか》を売られたわけだ。

ならば、悪役として受けよう。

アルニアのときには及ばないがギャラリーもいる。俺の覇道への踏み台になってもらおうじゃないか。

「もちろん受けるよなぁ、俺たちとの勝負。お前も女に格好悪いところ見せられないだろぉ？」

「構わん。決闘の申請はすでに済ませてあるんだろうな？」

「ええ、当然。生徒会長からの許可も得ております」

そう言って、痩せ細った男は二枚の書類を取り出した。

しっかりと生徒会の印が押されている。

賭けるものは金銭か。

もしかするとアルニアに賭けて負けたのかもな、こいつら。

ちょうどいいからその分も取り返そうという腹か。

クックック……つくづくやることが二流だ。

「ハンデをやろう。二人まとめてかかってこい」

「……なんですって？」

「さっきのアナウンスは聞いていただろう。俺には先約がある。お前らのような芥《あくた》の相手をしている時間が惜しい」

「てめぇ……！　ふざけやがって……!!」

「……その言葉、必ず後悔させてあげますよ」

「御託はいい。さっさと決められた場所に行くぞ」

そう言って俺は書類に決闘場所として指定された実技棟へ向かって歩き出す。

マシロもスタタと小走りで俺の横に並んだ。

「いいの、オウガくん？」

「なんだ、マシロは俺が負けると思っているのか？」

「ううん、そうじゃなくて。遅れること、学院長に言わなくていいのかなって」

「それなら問題ない」

俺は彼女の心配を吹き飛ばすような笑顔を見せる。

「決着は一分でつくからな」

◇◇◇◇

「く、来るな、来るなぁ！」

「余裕を失えば魔法使いは終わりだぞ」

「うがっ⁉」

目は口ほどにものを言う。視線が向いている方向さえ把握しておけば、初撃を避けるなど造作もないこと。

一瞬のうちに懐《ふところ》に飛び込むと、うるさい口を掌底で封じてそのまま地面に叩《たた》きつける。

「うっ……うぉらぁぁぁ！」

「弱い。下半身が貧弱すぎるぞ、チキンレッグ」

「ま、まわっ……がっ‼」

相方の瞬殺に呆然《ぼうぜん》としていた筋肉男が拳を振り回すが、鍛えられた上半身を下半身が支えられていない。

この距離では間に合わない魔法を使わず、とっさに肉弾戦を選んだ判断はえらいがまだまだだ。

拳を受けた俺はかかとから脚を払って、頭をポンと軽く手で押してやる。

すると、重心である腹部を中心としてくるりと回り、男はあっけなく叩《たた》きつけられた。

「しょ、勝者！　オウガ・ヴェレット！」

審判の声が響く。だが、目の前でノビているこいつらには届いていないだろう。

決着は宣言通り、一分で片がついた。

そもそも一目でアルニアよりも弱いとわかる覇気の薄さ。

せっかくの二対一の状況を活《い》かさず、自分たちの得意な魔法を放つだけのお粗末な戦法で勝てるわけがなく。

彼らは【落ちこぼれ】に負けた不名誉を手に入れたわけだ。

「約束の金はあとで従者に取りに行かせる。きちんと用意をさせておいてくれ」

「わ、わかった」

「では、後処理はよろしく頼む」

審判を務めた生徒に残りは任せて、俺はその場を後にする。

「オウガ様、お疲れ様でした。タオルでございます」

「ああ、ありがとう」

「……何がしたかったんだろうね、あの人たち」

倒れ伏す二人を見て、マシロは首をかしげる。

あいつらに意識があったら、この言葉がいちばん心にクるだろうな。

「野心に心を奪われ、足下を見ない奴《やつ》はえてしてああいう結果を迎えるものさ」

「オウガ様のおっしゃる通りかと。しかし、なんとお優しい。彼らに過《あやま》ちを気づかせ、改心させるために自らの時間をお使いになるとは……。アリス、感服いたしました」

「……そうだ。俺の行動を察し、意図まで読み解くとは流石《さすが》は我が剣だ」

「あ、ありがたきお言葉……これからも精進してまいります！」

アリスの中で俺の人物像はどんなことになってしまっているのだろうか。

もう引き返せないラインはとっくに飛び出しているかもしれない。

そんな一幕を挟み、寄り道をした俺たちは学院長室の仰々しい扉の前までやってきた。

「そういえばレベツェンカさん、まだお休みしてるんだよね？」

「ああ。致し方ないと思うがな。立場が変わったあいつもするべき用事がある」

決闘の日以来、カレンがアルニア同様に登校していない事実も把握している。

一時的に実家に帰る旨《むね》はあの日、彼女から聞かされていた。

当然、学院長があいつのクソ親父《おやじ》に釘《くぎ》は刺していたし、もし監禁でもすれば次は婚約を結んだ俺の実家まで動き出す。

さらに言えば、俺とカレンの婚約は国王直々に認めた一件。

考えれば考えるほど俺はすでに逃げられない檻《おり》に閉じ込められている気がする。

未来のハーレム生活のためにも障害は乗り越えなければ……。

「案外、あいつもいたりしてな」

そんな軽口を叩《たた》きながら、扉をノックする。

「遅れてしまい申し訳ございません。オウガ・ヴェレットです」

「ど、どうぞっ」

噂《うわさ》をすればなんとやら。返ってきたのは、件《くだん》の彼女のものだった。

俺とマシロは顔を見合わせて、思わず笑みをこぼしてから扉を開ける。

「元気にしてたか、カレ――」

中に入ると、まず視界に飛び込んできたのは学院長ではなく、ソファに座っていた赤髪の美少女。

こちらを向く顔は確かにカレン・レベツェンカだ。

日々の不安が原因だった目の隈《くま》は消え、その代わりに照れているのか赤みが増している。

――そこまではいい。

問題は首より下。

明らかに今までなかった部分が飛び出ている。

あんなにもまな板だったのにメロンでも入っているのかというくらい膨らんでいた。

服装も男子生徒用ではなく、女子生徒用を着用している。

「……ひ、久しぶり」

一週間ぶりに見るカレンはスカートを手で押さえて、もじもじしていた。

たわわな果実を両腕で強調するように挟みながら。

慣れないスカートが恥ずかしいのだろう。

普段はズボンで隠れていた健康的な張りのある太ももがさらけ出されている。

「…………ふぅ」

…………エッッッ‼

「オウガ⁉　おい、オウガ！　帰ってきてくれ‼」

「……なに慌てているんだ、カレン。俺はいつも通りだぜ」

だから、その整えられた顔を近づけるな。

お前が密着すればするほど、たわわな胸で俺の意識が刈り取られるんだよ……！

「そ、そうかい？　その割にはフリーズしていたような……」

「気のせいだろう。クックック、カレンは心配性だな」

嘘《うそ》だ。あまりの変貌ぶり、可愛《かわい》さに一瞬だけ見惚《みと》れてしまっていた。

その事実に気づいているのは俺の後ろで背中をつねっているマシロのみ。

痛い。マシロ、痛いからやめて。

「ん〜？　どうしたの、オウガく〜ん？」

おかしいな、笑顔が怖い。

フッ、さすがは俺が気に入った子だ。

どんなに衝撃的な状況だろうと冷静さを保っているのだ。そして取り乱しそうになる俺をフォローしてくれている。

ますます惚《ほ》れ直《なお》した。

「おかえり、カレン。ずいぶんと気合いの入った変わりぶりじゃないか」

つねられているのを悟られないようにニヒルに笑みを浮かべ、カレンの前髪に触れる。

懐《なつ》かしいな。昔は目元を前髪で隠していたから。髪飾りをプレゼントして留めてやったんだったか。

それを彼女は未《いま》だ大切に使ってくれているみたいだ。

おかげで再会したときも、今も彼女がカレンだとすぐ気づけた。

「……もう男装する理由もなくなったから。私は自由になれた。それも全部オウガのおかげだよ」

それに、と彼女は続ける。

「オウガはお……おっぱいが大きい子が好きみたいだし、こっちの方が喜ぶかなって……。私はオウガの婚約者だからさ」

「……そうか」

幼なじみに性癖がバレていた。

しかし、カレンはそれを受け入れて、恥ずかしさを噛《か》み殺《ころ》してでも俺のために隠していた部《む》分《ね》をさらけ出してくれたのだ。

俺は今、自分の考えを改めていた。

こんなにも尽くしてくれている彼女の気持ちを踏みにじるのは最低な行為なのではないだろうか、と。

確かにアルニアが人間としてひどすぎたのが主な原因だろう。

だが、カレンが俺に好意を向けているのは俺自身の言動のせいでもあるのだ。

己の責任を投げ出して、カレンを切り捨てる極悪非道な選択を俺の後ろの絶対正義遵守《アリス》ウーマンが許すはずがない。

だから、俺はここに来るまでに考えていた意見を変えても仕方がないと思う。そうそう、仕方がない。

受け入れよう、カレンとの婚約を。

俺はそっと彼女の手を取る。

「カレン」

「なに？」

「結婚しよう」

「ひゃ、ひゃい」

こうして俺とカレンは結ばれて、幸せな結婚生活を送った。完。

ハッピーエンド!!

「は〜い、オウガくん。現実に戻ってきてね」

「──っ！」

グリッとつねられていた肉をもう一捻《ひとひね》りされる。

……鋭い痛みを感じると同時に未来へと羽ばたいていた意識は再び現実に返ってきた。

ピンと張りそうになるのを堪えつつ、マシロの頭を撫《な》でる。

「ありがとう、マシロ。おかげで正常な判断が下せる」

「よかった〜。そうだよね、オウガくんのいちばん大切な妻《ひと》はボクだもんね」

「は？」

俺が口を挟む前にカレンから今まで聞いたことない圧の強い声が出てくる。

「……リーチェさんは面白い冗談を言うね。思わず笑ってしまいそうになったよ？」

「ボクは事実を言っただけですよ？　これ、オウガくんから貰《もら》ったんです。情熱のこもった言葉と一緒に」

そう言ってマシロは首からさげている指輪をチラつかせる。

カレンは歯軋《はぎし》りをすると、自らを落ち着けるように一つ呼吸を吐いた。

「そういえば私も小さい頃、オウガに言ってもらった記憶があるな。確か『カレンは俺のもの』……だったかな？」

「記憶違いじゃないですか？　昔の出来事なんて思い込みだったりしますからっ」

「「…………」」

あ、あれ……？　二人ともどうしてそんな険悪な雰囲気になってるの？

「……どうやら再会は無事に終わったみたいですね」

「……っ⁉　学院長……」

いきなり隣にヌッと現れた老婆の姿にビックリする。

おそらく最初からいたのだろうが、カレンの衝撃が強くて気づいていなかった。

学院長と同時にアリスも俺の後ろについたので、彼女だけは入室したときから学院長に気づいていたのだろう。

「ずいぶんと仲がよろしい。素敵なことですね」

人のいい笑みを浮かべたミルフォンティ学院長が手を叩《たた》いている。

流石《さすが》の【雷撃のフローネ】も老いには勝てないらしい。

どう見ても仲が良《い》い様子ではない。

「……あれはどう見ても良い雰囲気ではないでしょう」

「あら、そう？　私が若い頃はもっとやんちゃだったわよ」

「例えば？」

「そうねぇ……。胸ぐら摑《つか》んで殴って、先に気絶した方が負けだったわねぇ。懐《なつ》かしいわぁ。いつも相手が一発目で気絶しちゃってね」

えぇぇ……。

アリスレベルに血気盛んな人じゃん。どんな風に年食ったら今みたいな温厚なおばあちゃんになれるの？

全然楽しそうな思い出じゃないんだけど。

「思い返したら懐《なつ》かしくなってきちゃったわ。二人にも教えてあげましょうか」

「俺が仲裁するので学院長はジッとしていてください。一歩もそこから動かないで」

あんたが間に入ったら本格的に大戦が勃発してしまうだろうが。

可愛《かわい》い女の子同士がキャッキャウフフするのは好きだが、ボッコボコグヌヌするのは見たくない。

「二人ともそこまでだ。あんまりヒートアップするな」

「「オウガ（くん）はどっちが大事⁉」」

「そんなの言わなくてもわかるだろう。マシロもカレンも俺にとっては二人とも大切だ」

そう言って二人の頭を撫《な》でた。

すると、二人の威勢はみるみるうちにしぼんでいくではないか。

クックック……成人したといっても二人はまだ成り立て。

豊かに膨らんだおっぱいと違い、すぐに精神まで成熟するわけじゃない。

こうして親のように諭したら、すぐに怒りも収ま——

「ボク、とっても嬉《うれ》しい。——でも、いま聞きたいのは違う言葉かな？」

「オウガの優しいところは私も好きだ。——だけど、はっきり言ってほしいときだってあるんだ」

「——それで学院長。俺たちに話とはどんな用件でしょうか？」

くるりと華麗にUターンを決めた。

あくまで平静に。何事もなかったかのように。

「あら？　まだ解決していないみたいだけどいいのかしら？」

「ああ、全く問題ない」

両肩に二人の手が食い込んでいるがこれは気にしないでくれ。

いつも眺めていた二人の顔も今だけは見たくない。

「それじゃあ遠慮なく。とはいってももう何度もレイナがお願いしていると思うのだけど」

「……ということは」

「ええ。あなたたち、やっぱり生徒会に入らない？」

……ついに生徒会長の師匠である学院長自らが出張ってきたかぁ。

今までよりも本気度を感じる提案に、頭が痛みを訴えかけてくる。

そして、肩からメキメキと骨が軋《きし》む音が響き出していた。

……もしかしたら痛みの原因はこちらかもしれない。

しかし、生徒会か……。

王立リッシュバーグ魔法学院生徒会。

我が学院は生徒会長のみを選挙で選出し、当選した会長が役員をスカウトしていく方式だ。リッシュバーグ魔法学院は名実ともに王国一と謳《うた》われている。入学するだけでも名誉だというのに生徒会に入れるのは学院長が認めた優秀な生徒のみという条件がある。つまり、生徒会をやっていた事実だけで、かなりの箔《はく》がつく。

それ故に毎年、立候補者が後を絶たないせいでこういった形に落ち着いたらしい。

昨年は一年ながら【雷撃のフローネ】の弟子であるレイナ・ミルフォンティが見事勝ち抜き、三年を中心とした組織作りを行った。

そんな彼女をサポートしていた生徒たちも卒業し、今の生徒会は空席がかなり目立つ。

なんとびっくりレイナとカレンの二人のみという構成だ。

「レイナはすでに生徒会長としての責務を経験済みだし、十分に教えられる。それにカレンも一年からやっていたわ。だから、一年生のあなたたちでも安心な環境ではあると思うのだけど……」

業務に関しては抵抗はない。

一度説明を貰《もら》えれば大方の作業はこなせる自信がある。

「役職ならどこでも空いているわ。ヴェレットさんなら……副会長なんてどうかしら」

「副会長、ですか」

俺が生徒会に入りたくない理由はミルフォンティからの監視が嫌だからだ。

監視されるデメリットを超えるメリットを提供されない限り、話は永遠に平行線をたどるだろう。

だから、俺は早々に切り札を切ることにした。

「そもそも俺を指名する理由はなんですか？　魔法を使えない俺を生徒会に入れるメリットなんてないでしょう」

当然、生徒会役員には『格』が求められる。

ましてや今代はあの【神に愛された子】レイナ・ミルフォンティが生徒会長。

その右腕のポジションである副会長の席に俺が座るのを果たして一般生徒は許容するだろう

か。

間違いなく強い反発が起きる。

占い師でなくても予言できるさ。

「そもそも他の先輩方が副会長をすれば良い。俺よりも経験があるならなおさらだ」

「う～ん、困ったわねぇ。実は有力どころに声をかけているのだけど、みんな恐縮した様子なのよ」

「先輩でさえ断る役職を引き受けたくないと思うのは正当な理由ですよね？」

「私はあなたの力量なら全く問題ないと考えているの。【雷撃のフローネ】が見間違えるとでも？」

「身に余る評価ですが、光栄です」

正直、ここまで学院長が粘るのは俺の実力を高く買ってくれているからだとわかる。

前回のアルニア王太子との戦いで目をつけられたか。

あの一瞬の立ち会いで俺の力量を見極めたとするならば、なおさら警戒レベルを引き上げなければならない。

「生徒会に入れば間違いなくあなたの将来に箔《はく》がつくわ。これはお金を払っても手に入れられない称号よ」

「俺は四大公爵家の長男ですよ。ここを卒業したらやりたいこともすでに決まっている。あまりしがらみに縛られるのも好きではないんでね」

「……どうあっても受け入れない、というわけね」

はぁ、と学院長のため息が部屋に響く。

重苦しい空気が蔓延《まんえん》し、いよいよ交渉は終わりかと思われた。

……だが、こちらを見やる彼女の瞳は全く諦めていない。

まるで不利な状況をひっくり返すカードがあるかのような……。

「じゃあ、こういう取引はどうかしら」

顔を上げた学院長は俺の肩を摑《つか》んで、こう言った。

「あなたが副会長になってくれたらレイナを好き放題していいわ」

「……は？」

「「はぁぁぁっ⁉」」

その提案に食いついたのはずっと固唾をのんで場を見守っていたマシロとカレンの二人だった。

一気に学院長まで距離を詰めて、猛抗議を始める。

「何を言っているんですか、学院長！　これ以上、婚約者を増やすなんてダメです！」

「生徒会長は大切なお弟子さんじゃないんですか⁉　こんな本人もいないところで勝手に決めたらいけませんよ‼」

「あらあら。私はヴェレットさんなら問題ないと思っているのよ？　あんなにも一人の人間のために動ける心を持つ人はそうそういないわ」

「だけど、生徒会長の気持ちもありますし……！」

「あの子ならきっと気に入ってくれるわよ」

「――なぜ？」

俺はマシロとカレンを引き下がらせて、学院長と向かい合う。

目と目を合わせて、少しでも感情を読み取るように。

「なぜ、そう言い切れるんですか？」

「……フフッ、そんなの簡単よ。あの子は私によく似ている……。私なら四大公爵家の身内になれるチャンスを逃したりしないもの」

「……そうですか」

俺がここまで食ってかかったのは、学院長の態度が気になったからだ。

ずっと観察していたが、この婆《ばあ》さん全く精神に揺らぎがない……表情がほとんど変わらなかった。

命を懸けた戦場を駆け抜けた英雄とはいえ、明らかに異常な自信はどこから来る？

答えに俺は心当たりがあった。

それが確かめたくて、わざわざこうして正面から対峙《たいじ》するリスクを買って出ているのだ。

ここは一つ、俺からも賭けをしてみようじゃないか。

挑発して、このババアの本性を掴《つか》み出《だ》す。

「……大切な愛弟子《まなでし》を生徒会《こんなこと》のために差し出せますか？」

「ええ、もちろん。それだけの価値があなたにはある」

「何度でも言いますが、俺はそうは思えない」

「価値観は人ぞれぞれ。それよりもいま大切なのはヴェレットさんの気持ち……じゃないかしら？　どう？　レイナも数々の有力貴族から縁談が来る有望株だけれど、あなたにならあげてもいい、良いわ」

「──申し訳ないですが」

「きゃっ」

「わっ」

俺はマシロとカレンの腰に腕を回して抱き寄せる。

彼女らはそれぞれ照れと喜びの混じった可愛《かわい》い声を上げ、受け入れるように体を密着させた。

こんなにも男心をくすぐる仕草を、あの生徒会長は到底できないだろう。

いつ見てもほとんど変わらない能面のような作った笑みを貼り付けているだけの奴《やつ》には。

出会って一ヶ月ほどの俺でも違和感を覚えるのだから、愛弟子《まなでし》として接してきたフローネが気づいていないわけがない。

そもそもこの俺を御そうとする姿勢が気に食わん。

悪の三箇条、その三。己の人生の未来は誰にも決めさせるな。全てが自分の思い通りに進むと思い込んでいる奴《やつ》にはNOを叩《たた》きつけてやる。

だから、皮肉を込めてこう言った。

「俺は人形には興味ありませんので」

瞬間、背筋が凍り付く感覚に襲われる。

まだ和やかだった空気は一変し、ひどく重たいものへと変質した。

腕の中の二人を安心させようと込める力を強くする。

俺はヒシヒシとプレッシャーを受け止めながらも目の前の発生源から視線をそらさない。

「あら……それは残念ねぇ」

ドロリと粘りのある声音。

それは今までの人の好《い》い学院長ではなく、何かまた別の……強いて言うならば【悪《こちら》】側の表情が見え隠れしていた。

「……ふっ」

こ、こえぇぇぇぇ‼

俺一人だったらすぐに退散していたかもしれん。それくらいの底知れぬ迫力があった。

流石《さすが》に愛弟子《まなでし》を馬鹿にされて怒ったか？　……いいや違うな。

でも、これで俺が知りたかったことはわかった。

そして、挑発作戦にはもう一つの効果がある。

学院長からの好感度を下げられる点だ。

あのままでは話は終わらない。ならば、こうして向こうから誘うのを嫌がるように仕向けるまでよ。

この反応は間違いなく好感度が一気に下がった。

もうこれで俺を選ぶことはあるまい。

クックック……やはり天才か。

「では、俺はこれで失礼します」

「ええ、ここまで言われては仕方ないわね。ではまた」

二人を抱き寄せたまま俺は学院長室を出た。アリスが扉を閉めたのを確認してから、教室へ向かって歩き始める。

あっけにとられていたマシロたちもあの空気から逃れられて徐々に自分のペースを取り戻していた。

「ど、どうしちゃったの、オウガくん。珍しいね、人の悪口を言うなんて」

「……マシロは俺が意味もなくあんなことを言う男だと思うのか？」

「えっ⁉ まさかあのやりとりにも何か深いわけが……？」

「その通りだ」

意味ありげに俺は頷《うなず》く。

生徒会をやりたくないだけだったが、わざわざ本当の内容を言わなくてもいい。

マシロには悪いが、勘違いを利用させてもらおう。

「だ、だとしても、あそこまで言う必要はなかったんじゃないか……？」

「いいえ、それは違います、レベツェンカ様。……私は感じました。はっきりとオウガ様の意図を」

人一倍、悪に敏感なアリスならその可能性はあるだろうと思っていた。

ああ、間違いない。

さっきの怒りは愛弟子《レイナ》を侮辱されたことに対してじゃない。

もっと……今の俺では言語化できない闇を抱えているように思えた。

そんな興味深い部分を覗《のぞ》かせてくれたのは一瞬だけだったが、な。

「瞳に怒りの感情は見えなかった」

そして、瞳の中の感情が変わる前に満ちあふれていたのが自信。

唐突な結婚を申し込んでも成就《じょうじゅ》すると考えるのはなぜか？

あの学院長はレイナならどんな風に扱っても良いと思っている。

考え方の根幹に『弟子は師匠の言うことは絶対聞かなければならない』というものがあるか

ら。

愛弟子《まなでし》レイナを自分の道具としか見ていない。

そう確信できたのは俺の前世の上司と同じ目をしていたから。

「……少し接する態度を変えようか」

芽生えた同情心。

……そういえば、生徒会長は紅茶を淹《い》れるのが得意だと噂《うわさ》で聞いた覚えがあるな。

放課後、一度あいつにも顔を合わせに行くか。

そんなのんきなことを考えながら予鈴が鳴り響く廊下をゆっくりと歩く。

しかし、このときの俺はまだ知らない。

フローネ・ミルフォンティが伝説たる人間だと思い知らされる羽目になることを。

◇◇◇◇◇

「この役立たずが!!」

私《レイナ》は呼び出されるなり、先生に頬を殴られた。

パンと乾いた音が響き、表情を殺したまま先生を見やる。

「どうしてここに呼び出されたか、わかるかい？」

「……オウガ・ヴェレットの生徒会入りが遅れている件でしょうか」

「それもあるさねぇ。だが、今日それ以上の問題が発生した」

ガッと首を摑《つか》まれ、持ち上げられる。

ミシミシと絞め付けられるが、息苦しくはない。

私の体はそういう風にこの人に作り替えられているから。

「ヴェレットのガキ……お前の体が特別製なことに感づいていたぞ」

「…………」

驚きはなかった。

彼と接触したあの日、私を見る目には疑いがこもっていた。

私と話すときは未《いま》だ一度たりとも緊張を解く気配がない。

「まさか……助けを請《こ》うたわけじゃないだろうねぇ」

「していません。そもそも私は彼から良い感情を抱《いだ》かれていないでしょうから」

「……ちっ、表情一つも変えずに……気持ち悪い子だよ、全く。このまま私が処分するとは思わないのかい？」

今はまだ思わない。

私を失えば先生は自身のスペアを失うことになる。

私以上の魔法の才能を持つ……いや、才能を植え付ける改造に耐えられる個体はない。

だから、ここまで捨てられることなく生きてこられたのだ。

そのことを先生も理解している。

そして、この人は怒っていても瞳に冷静さは失っていなかった。

「……ふん、出来の悪い弟子を持つと苦労する」

「大変申し訳ございません」

「心にも思っていないことを口にするんじゃありません。……まぁ、いいでしょう。良《い》い返事を待っていましたが、オウガ・ヴェレットは私が学院長として強制的に生徒会に入れさせます」

強制的とはいうものの先生は勝算があるから、そのような行為に出るのでしょう。

ヴェレット君は正義感の強い人間だ。

レベツェンカさんをアルニア王太子から救い出す際に協力した先生には借りがある状態。

多少の暴挙に出ても、帳消しという形で呑《の》み込《こ》むはず。いや、呑《の》み込《こ》むと先生は確信していた。

魔法学院生徒会の称号が四大公爵家でも欲《ほっ》しているという事実はレベツェンカ家が証明している。

ならば、彼も欲《ほっ》するはずだと予想した先生のとった行動は間違いではない。

ただ相手が私たちの想像以上のやり手だった。

さすがはヴェレット君。

隠し切れない怪しい匂いを本能的に嗅ぎつけ、己の行動に組み込んでいる。

「彼が入れば自《おの》ずとマシロ・リーチェもついてくるでしょう。そうすれば二人を学院魔術対抗戦に連れていくことができる……」

「……でしたら、私はレベツェンカさんを恋敵として利用してリーチェさんをたきつけようと思います。オウガ・ヴェレットはあの二人に甘い部分があるので」

「いいでしょう。必ず二人を生徒会へ。そして、我が学院の代表として会場となる彼《か》の地へ連れてきなさい」

「承知しました」

「計画さえ成功すれば、この地位も意味をなさなくなる。ならば、使えるうちに権力は行使しないともったいないないですからね」

低い笑い声が静かな室内に響き渡る。

先生はこの計画のために長年の歳月を積み重ねてきた。

己の欲望を叶《かな》える時が近づいてきているのだ。

今までにあまり見覚えのない感情の高ぶりも、それが原因だろう。

私は……特に何も感じることはない。

与えられた役目を、レイナ・ミルフォンティが生きる意味を果たすだけ。

「私は彼の任命状をしたためた後、先に現地入りします。……あとは指示した通りに任務をこなしなさい。それくらいは役立たずのあなたにもできるでしょう」

「……必ず先生の願いのために」

「それでいい。そのためにあなたを拾ったのですから。……さぁ、職務に戻りなさい。昼休みも生徒会は忙しいでしょう」

先ほどまで纏《まと》っていた圧は消え去り、生徒たちの知る学院長としての顔を被《かぶ》って退室を促される。

もう一度、頭を下げて私は部屋を出た。

「…………【回復《ヒール》】」

廊下を歩きながら、先生に殴られた痕を治癒魔法で消す。

そうだ、首もだった。結構力を込められたから、手形がついているかもしれない。

ただ壊せなかったのは先生の力の衰えでしょう。

誰だって年を重ねれば出せる力は限られていく。

たとえ数多《あまた》の戦場を駆け抜け、敵将を討ち取ってきた【雷撃のフローネ】だったとしても。

「さて、言われた通りに生徒会長として仕事を終わらせましょうか」

生徒会のメンバーは足りていないので自《おの》ずと私が抱える量は多くなる。

……また書類の山とにらめっこしなければなりませんね。

「──あ」

「あら」

──と、少し気分が落ち込んだ私が扉を開ける前に中から黒髪の少年が出てきた。

それが件《くだん》のオウガ・ヴェレット君なのだから思わず体が動きを止めてしまうのも仕方ない。

まるで神様が私を慰めるかのような降ってわいてきた遭遇ですね。

「ちょうどよかった。生徒会長、探していたんだ」

「珍しいですね。私をですか？」

「一緒に昼食でもどうだ、とお誘いにな」

「どうしてでしょう？」

「生徒会長の紅茶を淹《い》れる腕は素晴らしいと小耳に挟んだもので、ぜひ披露してもらえないかと思ったからだ」

「……それはそれは」

予想外の言葉に軽口を返すことさえできなかった。

まさかこうもストレートに褒められるとは思わなかった。

思わず面食らい、二の句が継げない私の反応が芳《かんば》しくないと勘違いしたヴェレット君は提案を続ける。

「対価として俺は満足できる食事を提供しよう。だから、一緒にどうだ？」

……おかしい。

彼の視線に今まであった敵対感情が薄まっている。

最初は私に接触して情報を抜き取ろうと画策しているのかと思いましたが……。

ただの善意である可能性が出てきてしまった。

……つまり、先ほどの誘い言葉も本心……なのでしょうか。

胸の内で様々な憶測と感情の小さな起伏が渦巻く。

……いや、私の優先度は低くて良い。

今までとっかかりのなかった相手が自ら歩み寄ってきたのだ。

この機会を逃す手はないでしょう。

「そういうことでしたら、ぜひ」

いつもと変わらぬ笑みを貼り付けて、返事をするのであった。

◇　◇　◇　◇

リッシュバーグ魔法学院の昼休憩スポットとして有名な中庭。

いつもは学年問わず生徒が集まって賑《にぎ》やかな場所ですが、今は不自然なくらい静か。

なぜならば、中央を囲むように陣取った私たちが一言も発さずに黙々と食事をとっているからでしょう。

『き、来ましたっ！　サティア様……‼』

刹那、耳につけていたイヤリング型の通信魔道具トランシーバーに見張りの子たちからの通信が入る。

私――シュルトー・サティアは目的の人物がやってきたことへの歓喜と緊張を同時に覚えて、なんとも言えない表情になってしまった。

ただそれは私だけではないみたいで、周囲を見渡せばみな似たような顔をしている。

彼女たちを取りまとめる立場にある私はクルリと金色の髪を弄《いじ》り、興奮を落ち着かせた。

ふふっ、こうなるのも致し方ありませんわよね。

『――オウガ・ヴェレット様です……！』

ここには同志――オウガ・ヴェレット様ファンクラブ（非公式）の会員たちが集まっているのですから。

『今日も凜々《りり》しいお姿です……！』

『あぁ……全身から黄金のオーラが輝いて見える……！』

『ヴェレット様を一目見られただけで心が潤いますね』

飛び込んでくるたくさんの賞賛の声。

私たちはヴェレット様とアルニア王太子の決闘を観戦し、彼の身を投げ打ってまで愛を貫いた姿に感動した者の集まり。

貴族にとって結婚とは家と家を結びつけ権力を大きくする意味合いが強く、生まれたときには将来の伴侶が決まっている……なんてことも珍しくない。

恵まれた立場に生まれたことは理解しているが、定期的に自由な恋愛をしてみたい願望が湧き上がるのもまた事実。

貴族令嬢の間でラブロマンスの演劇や小説が流行《はや》るのにもきちんと下地があるのだ。

そんな私たちに見せられた公爵家お二人の大恋愛。

会場《アリーナ》で魅せたレベツェンカ様への愛であふれた行動の数々。

それを次期国王になる身分のアルニア王太子に対して一歩も引かずにぶつけるのですから、憧れないわけがありません。

世間からのブーイングなど気にも留めない毅然《きぜん》とした態度。盾も持たない中でアルニア王太子の魔法に物怖《ものお》じせずに戦う姿。

なにより取り押さえられながらも覗《のぞ》かせた力強く、真の愛を求める彼の姿勢が私たちの心に憧憬の火を灯《とも》させたのです。

『サ、サティア様！』

「なにかありましたか？　落ち着いて報告なさい」

『ミ、ミルフォンティ生徒会長もご一緒です……！　やはり例の噂《うわさ》は本当だったのですね！』

例の噂《うわさ》とはヴェレット様が生徒会入りされるというものだ。

誰が言い始めたのかは不明ですが、どうやらミルフォンティ生徒会長はヴェレット様の実力を相当買っているらしい。

アルニア王太子との決闘にも一枚噛《か》んでいるとか。

……となれば、こうして昼食を一緒にするのも不思議ではありません。

ですが、不確定な情報を流布《るふ》して迷惑をかけてはファンクラブ会員の恥。

特にヴェレット公爵家の前で情報の取り扱いを間違えては、どんな失望をされてしまうか……考えるだけで恐ろしいですわ。

「まだ確定情報ではありません。決して他言はしないように。わかりましたわね？」

『しょ、承知しました』

ヴェレット様がご活躍されるのは嬉《うれ》しいですが、それはあくまでこちらの事情。

実はこっそりとお付きのメイドに接触した際に伝えられましたが、ヴェレット様は全て他人のために動かれているとのこと。

決して貴族としての人気取りではないのです。

ならば、時間に拘束される生徒会の役職を受けない可能性もあるはずです。

『……サティア様。ヴェレット様、ミルフォンティ生徒会長が目標ポイントへと向かい、サティア様の目の前を通ります』

「わかりました」

目標ポイントとはメイドが準備をしているテーブルを指す。

その通り道の途中に私の座るテーブルもあった。

つまり、生ヴェレット様がすぐ隣を横切られるわけで……ふふっ、柄にもなく緊張してきましたわ。

手に持ったカップに注がれた紅茶が波を打っているもの。

震えていますの、小刻みに。私の手が。

「いけませんわ、私。今こそ息を整えて――」

「――で、紅茶に合いそうなメニューをこちらで用意しておいた。存分に楽しんでくれ」

「ありがとうございます。実は前々からヴェレット家が販売している料理は見慣れない品が多くて気になっていたんです」

「――んっ!!」

整えられなかったので呼吸を止めることで対応します……!

輝いていますわ！　あの鋭い目つきに射貫《いぬ》かれたならば誰だって好きになってしまうに違いありませんわ!!

『サティア様？　いかがなさいましたか？』

「……いいえ、何でもありません」

……ふぅ、落ち着きなさい。

私は中庭の植木。オブジェ。空気……。

そう……同じ空間にいるだけのもの。決して感情を表立たせてはいけません。

「では、みなさん。今日も決して邪魔をせずヴェレット様を見守りましょう」

『『『はい！』』』

遠くからでもあの御方の歴史のひとときを眺められる。

それだけで私たちは幸せなのですから。

……しかし、みなさん。

「もう少し淑女としてのたしなみを持ってほしいですわね」

席に着かれたヴェレット様へ注がれる視線が少々荒々しいですわよ——あっ⁉

この席だとご尊顔が見えませんわ……‼

◇　◇　◇　◇

本日は快晴。外で休息をとるにはちょうど良い暖《い》かさ。

「さすがはヴェレット公爵家。手が出しにくいブランドをこんなにもたくさん」

カチャカチャとアリスが食器など並べて、ミルフォンティはそれを興味《きょうみ》津々《しんしん》に眺めていた。

今回はマシロとカレンには席を外してもらっている。

彼女とは二人きりで話をする時間が少し欲しかったからだ。

……だが、今はそれよりも気になることが一点ある。

座った瞬間から何か視線がすごい!!

特に背後に位置する金髪縦ロールの少女からの視線をヒシヒシと感じる。

それも普段身に受ける興味本位の視線じゃない。

何か強い圧を感じる類いのものだ。

「ふふっ、ヴェレット君は人気者ですね」

ミルフォンティも気づいているのだろう。

人気者、か。

……なるほど、ある意味ではそうかもしれない。

これはあくまで予想だが……視線を送ってきているのはおそらくアルニアと懇意にしていた女子たちだ。

あの一件以来、アルニアは登校していない。

原因は間違いなく俺だからな。

逆恨みされていても何らおかしくない。

このまま放置していてもいいが……今からはミルフォンティとの大事な時間。こんな恨みのこもった監視の中では本音も出てこないだろう。

そちらがその気なら直接相手してやろうじゃないか。

大胆不敵に、悪役らしく。

「ミルフォンティ、少しだけ待っていてくれ」

そう告げて、俺は金髪縦ロールの元まで歩み寄る。

奴《やつ》は途中で自分の元へ向かってきている事実に気づいたのか、見るからに慌てふためいていた。

目は左右に泳ぎまくり、カップから中身がこぼれてテーブルの上が大惨事である。

「ひゃ、ひゃいっ！」

「おい、今さら知らないフリをしても意味はないぞ。俺は初めから気づいていた」

「言いたいことがあるなら聞いてやろうじゃないか。言ってみるといい」

口端《くちのは》を吊《つ》り上《あ》げて、できうる限りの悪どい笑みを浮かべる。

先ほどからの様子を見るに、こいつは全く肝が据わっていない。

これだけで十分に威勢を失うはずだ。

「え、えっと、私はその……」

あいにく俺は男女平等に扱う男。容赦はしない。

尻尾を巻いて逃げ去るもよし。罵倒を投げかけてくるもよし。

さぁ、一体どんな対応を見せてくれる……？

「――あ、握手してくださいませ!!」

……は？

握手……だと？

この俺を前にして握手を求めるとは……クックック、ずいぶんと面白い女じゃないか。

敵対する関係で握手を求める……これは間違いなく【決闘】を望んでいる。

そこまでアルニアを想《おも》っている女子がいるとは……恋とは恐ろしいものだな。

女の恨みが怖いことはよく知っている。

しかし……そんなに震えてまで【決闘】を望むとはなかなか肝の据わった人物じゃないか。

頭に叩《たた》き込《こ》んだ生徒の中から似通った顔を順に探っていくと特徴が一致する顔写真がヒットした。

「……シュルトー・サティア、だな？」

「は、はい……！　わ、私の名前を覚えて……」

「当然だ。あまり俺を舐《な》めてもらっては困る」

今世の俺は天才だからな。

きちんとハーレムもとい優秀な部下を確保するために一通り覚えている。

サティア家は子爵だ。

その立場にありながら【決闘】を仕掛けてくるとはバカなのか、勇敢なのか。

ルアークのバカといい、貴族社会の教育は一体どうなって――って、えぇっ⁉

「……あ、ありがとうございます……うぅ……っ……！」

泣き出してる⁉

まさか……俺に相手なんかされないと考えていたのか？

それなのに【決闘】を了承されたから嬉《うれ》しさのあまり泣き始めた……？

なんという愛の深さ……敵ながらあっぱれだ。

アルニアに必要だったのは彼女みたいな人物だったのかもしれない。

しかし、こんな状況では満足のいく【決闘】にはならないだろう。

俺も今はミルフォンティとの会話に集中したい。ここは一つ、助け船を出してやろうじゃないか。

余裕を忘れないのも、また格好良い悪役の所作と言える。

「サティア。この話ならば別の機会で時間を作る。だから、今回は去れ」

「お、お時間をいただけるのですか……？」

「そうだ、俺は逃げも隠れもしない。いつでも相手をしてやる」

「ま、まさか……」

「俺の言葉を信じるか信じないか。決めるのはお前だが……どう思う？」

「信じておりますわ!!」

お、おぉ……すごい勢いの返事。

どこからその信頼は生まれてくるのか。

先ほどの涙といい、もしかしたら俺のファン……なわけないか。

誰かに好かれるようなムーブはしてきていないからな。

おそらく「逃げるなよ」と念を押しているのだろう。

「ならば、ここは従ってもらおうか」

「ええ、もちろん。それでは失礼いたしますわ。ごきげんよう、ヴェレット様」

彼女はパンパンと手を鳴らすと、足早にその場を去った。

……いや、彼女どころか周囲の生徒までどんどんと散っていく。

俺とサティアの話を聞いて気を利《き》かせてくれたのだろうか……事情は神のみぞ知る。

「……待たせたな」

奇《く》しくも二人きりの場ができた。

これで存分に本命とゆっくり話せる。

「いえいえ。ちょうどこちらも準備が終わったところです」

席に戻ればミルフォンティがポットとカップにお湯を注いで温め終えていた。

この世界は魔法があるので、小さな魔道具を使って簡単に作れるのがいい。

「メイドさんもご一緒に飲まれますか？」

「……今後の勉強のためにいただければ」

「では、三人分ですね」

彼女は嫌がるそぶりもなく茶葉をスプーン三杯分ポットに入れると、さながら滝のように高所から沸騰したてのお湯を注いだ。

「あとは数分蒸らせば完成です。その間は……お話でもしましょうか？」

「何を勘違いしているのか知らないが、俺はミルフォンティの淹《い》れる紅茶に興味があっただけだぞ」

「フフッ、ではそういうことにしておきましょう」

いや、本当にそれ以外の意味なんてないんだけど……。

どうも彼女は裏読みしすぎる癖があるみたいだ。

思い返せば初対面のときも、こちらを探るような動きをしていたし身に染《し》みついているのだろう。

フローネの弟子という立場も大変だな。

……さて、どうしようか。ひとまずは俺たちの間にある壁を取り払う必要がある。

俺が一方的に築き上げていた壁だ。ならば、取り壊すのも俺の役目。

「ミルフォンティ。一つ謝罪をさせてほしい。俺は誤解をしていたようだ」

「誤解、ですか？」

「間違った印象を抱いていたというわけさ。これからは以前よりも仲良くしたいと思っている」

「わぁ、それは嬉《うれ》しい。では、本日からウガウガで」

「ウガウガは勘弁してくれ」

「レイレイでいいですよ？」

「そういう問題じゃない、レイナ」

「……！　わかりました。改めて仲良くしましょう、オウガ君」

俺が名前で呼ぶと、彼女は微笑《ほほえ》みを浮かべて名前で呼び返してくれる。

だけど、その笑みはいつものものだ。

わかってはいたが、この程度で氷山が溶けたりはしないな。

気長に接していこう。待つことは嫌いじゃない。

「はい、お待たせしました。ご期待に応えられるといいのですが」

スプーンで一混ぜした後、カップに茶こしを通して注がれる透き通ったオレンジ色の紅茶。

口元に近づけた時点で漂う匂いが、味のハードルを勝手に上げる。

「いただきます」

一口含んで、舌と喉で味わう。

「……美味《うま》い」

「おいしい……」

気がつけば、自然と口から感想が出ていた。

普段淹《い》れてくれるアリスが決して下手なわけじゃない。

けれども、繊細な香り、濃厚なコク、渋みと甘さの完璧な後味に明確な違いを感じられるほどにレイナの紅茶は美味《おい》しかった。

「……今まで飲んできた中でいちばんだ」

「ずいぶんと過大な評価をもらっちゃいました」

「過大じゃない。心からの言葉だ」

「オウガ君がいい茶葉を用意してくれたからですよ」

「……いいえ、私ではこの深みは出せませんでした。ミルフォンティ様の実力があってこその味だと思います」

「お二人がこんなにも褒めてくださるなんて……なんて今日は良《い》い日なのかしら」

彼女は手元のカップに紅茶を注いで一口飲む。

ほぅ……と息を吐くと、ニコリとこちらに微笑《ほほえ》みかける。

「――私を褒めても先生の意見を覆《くつがえ》したりはできませんよ」

空気がピンと張り詰めるような冷たい声。

紅茶で温まった体が一気に冷え込むような錯覚。

彼女はカップに映り込む自身を無機質なまなざしで見下ろす。

「私の言葉には微塵《みじん》も興味ありませんから、先生は」

「……初めにそんなつもりはなかったと言ったはずだが？」

「いいんです、取り繕わなくても。初めからわかっていましたから」

珍しく言い切ったレイナは紅茶を飲み切ることなく、カップをソーサーに置く。

「……すみません。空気を悪くしてしまいましたね。用事は終わりましたか？　それでは私は業務が残っているので」

「――なら、俺の元に来てみるか？」

ピクリと彼女の動きが止まる。

だけど、それもほんの一瞬で、ジッと見ていなければ気づかない程度のアクションだ。

「実を言うと学院長にそんな提案をされた。レイナをやるから生徒会に入ってみないかと。さっきは断ってしまったが、今から受けるのも悪くない」

「あれだけ嫌がっていた意見を覆《くつがえ》すほどの魅力を私に見出《みいだ》してくれたんですか？」

「この美味《おい》しい紅茶が毎日飲める。そんなささやかな変化で日常の幸福度は上がるものだ」

なにより、と続ける。

「あんな奴《やつ》といても楽しくないだろう。俺と共に研鑽《けんさん》を積む方がよほど有意義な時間を過ごせると断言できる。そして、その時間は俺をさらなる高みへと連れていってくれるだろう」

「……では、オウガ君は【雷撃のフローネ】を超えられると？」

「近い将来、そうなるつもりだ」

「……オウガ君は不思議な人ですね。言葉を聞くと、なぜか信じてみたくなる」

立ち上がった彼女は髪を耳にかける仕草をして、こちらを見つめ返す。

「熱烈なお誘い、感謝します。ですが、あまり外で言ってはいけませんよ。あなたはもうレベツェンカさんと婚約を結んでいるんですから」

彼女はパチリとウインクすると、今度こそこの場を後にした。

英雄の弟子で、魔法学院の生徒会長とは思えないほど、その背中は細く弱く映る。

あの背中に俺は見覚えがあった。

やはり似ている……前世で忽然《こつぜん》と姿を消していったブラック企業での同期たちに。

いずれ彼女には限界が訪れるだろう。

クックック、わかったぞ……彼女が感情を閉ざす理由が。

非道な上司。人数の足りない生徒会。昼休みを潰してまで行わなければならない業務。

それらの劣悪な環境によって与えられるストレスから己を守るために堅い殻に閉じこもっているのだ。

そんな彼女を颯爽《さっそう》と助ければ好感度は上がること間違いなし。

俺は有象無象と違い、彼女の特別な人間となれるはず……！

確かにレイナに乳はない。だが、それを補って余るほどの事務能力と魔法の才能がある。

今、身内に引き込んでおけば俺の部下としてその実力を遺憾なく発揮するに違いない。

レイナもかわいそうに……悪から解放されたと思ったら、さらなる極悪に目をつけられる羽目になるんだからな……。

「決めたぞ、アリス」

彼女は「嫌だ」とも言わなかった。反応もあった。

あえて強い言葉を使った甲斐《かい》があったものだ。

それだけで今は十分。

「俺はレイナ・ミルフォンティを必ず手に入れる……！」

そう言って、俺はぎゅっと拳を握りしめた。

◇◇◇◇◇

翌日。

「ねぇ、オウガ……一緒に生徒会やろう……？」

「オウガくん……ボク、朝から放課後までもっと長くいたいよぉ」

両端からじりじりとにじり寄ってくるカレンとマシロ。
く、来るな……！
俺はこんなブラック企業さながらの現場になんて入りたくないんだ……！
だがしかし、俺の思いは届かずに両腕を捕まえられた。
絶対離さないと言わんばかりに二人の双丘に腕が挟み込まれる。
描き求めていた巨乳ハーレムという極上の展開だが嬉《うれ》しさはない。
「モテモテですね、オウガ君」
どうしてこうなるんだぁぁ⁉
事の発端を語るために、アリスにいつもより早めに起こされたところまで時を遡ろう。

◆Stage2-2◆　ゆらりゆらゆら揺れる心

「おはようございます」

「……ああ、おはよう」

顔が近い。毎朝目を開けると、アリスの顔がいつも近くにあってビックリするんだよな。

そんなに寄らなくてもいいと思うんだけど……まぁ、朝一から美人を見られるのも役得か。

……それよりも。

「……何かあったか、アリス。いつもよりも早いじゃないか」

俺は肉体の成長を促すためにも幼少の頃から規則正しい生活を送っている。

だからこそ体に染《し》みついた習慣に対する違和感にはすぐ気づけるのだ。

「申し訳ございません。一刻も早くお伝えしなければならない事項があり、私の判断で起こさせていただきました」

「構わん。俺を起こすほどの用件は？」

「こちらをご覧ください」

「ん、どうした？　手紙……じゃないな」

珍しく落ち着かない様子のアリスから手渡された一枚の紙。

こんな朝っぱらから一体何が……。

「……は？」

記載されていた文章を読み終えた俺は思わずグシャリと握りしめてしまう。

『任命証　オウガ・ヴェレット殿
あなたをリッシュバーグ魔法学院生徒会　副会長に任命します。

リッシュバーグ魔法学院学院長　フローネ・ミルフォンティ』

「……アリス。俺は昨晩、酒にでも酔って生徒会入りを認めたりでもしたか？」

「いえ、そのようなことは全く」

「ならば、これは一体どういう事態だと思う？」

「おそらく……オウガ様の意志が固いと判断したミルフォンティ学院長が独断で決定されたのだと思われます」

「……それしかないだろうな」

なにをしてくれているんだ……あのクソババア……!!

「アリス！　今日のトレーニングは後回しだ！　すぐに着替えを！」

「ハッ!!」

俺の行動を予想していたのかアリスはすでに制服を用意しており、テキパキと俺の支度を整える。

着替えを終えた俺は部屋を飛び出して、窓から飛び降りて寮を出る。

「ついてこい、アリス！　学院長を問い詰めるぞ！」

「かしこまりました！」

そのままま誰も登校していない通学路を走り、目当ての学院長室まで駆ける。

「ミルフォンティ学院長!!　これは一体どういうことか説明してもらおうか!?」

ここまで好き勝手してただで済むとは思っていまい。

勢いよく扉を開けて乗り込むも、部屋の中にいたのはお目当ての学院長ではなく――

「あら、オウガ君。慌てた様子でどうされたんですか？」

――その弟子のレイナだった。

「どうもこうもない。少々、レイナの先生とお話がしたくなってな……」

「でしたら、私と用事は一緒みたいですね」

そう言うと彼女も一枚の紙をこちらへと見せる。

そこには俺の生徒会入りが決まったから面倒を見るようにと言伝《ことづて》が記されていた。

「レイナ。昨日の今日だが、俺は断じて生徒会に入ることを了承していない」

「私もオウガ君の意志が固いことはよく理解しているつもりです。これは間違いなく先生の暴走ともいえる行為でしょう」

もっとも、と彼女は続ける。

「その先生はもう学院にいないみたいですが」

「……なに？」

「手紙を裏返してみてください」

彼女に言われた通りにすると、そこには追記で先に会場入りしている旨《むね》が書かれている。

「落ち着いて聞いてください、オウガ君」

次から次へと巡る事態に脳の処理が追いつかない。

そんな中、レイナは平然とした静かな声でこちらに語りかける。

「私もあなたの気持ちは最大限に尊重したいと思っています。ですが……彼女たちのお話を聞いてからでも良《い》いと思いませんか？」

「彼女たち？」

レイナの視線の先――学院長室の入り口にマシロとカレンが立っていた。

二人も慌ててここまでやってきたのか、まだ息が荒い。

「オウガ……」

「オウガくん……」

「な、なぜ二人ともここに……？」

「ボクの元にも紙が届いたんだ。見てみたらオウガくんが生徒会に入るって書かれてて……」

あのババア……！　俺にとどまらずマシロにまで……うぉっ!?

マシロはそのまま俺にタックルするように抱きつくと、グリグリと頭をこすりつける。

「どうして言ってくれなかったの!?　オウガくんが生徒会に入るならボクだって入る！　だって、オウガくんがついてこいって言ったんだもん！」

「ま、待て、マシロ。確かに俺はお前にそう言ったがまだ生徒会に入るとは決めて――」

「――え？」

次はこっちかぁ!!

「オウガは生徒会に入るだろう？　だって、婚約者の私がいるんだから。あんなに愛をぶつけてくれたのだからそうに決まっている」

「いや、カレン。それとこれとは話は別でだな」

「……そっか。ごめんね。オウガの婚約者になれたからって急に距離を詰めすぎだったよね。私、反省するから……」

「ぐっ……!!」

ど、どうしてそういう風に捉えるんだ!?

いや、カレンの場合は仕方ないか！　こんな性格にしたのは……恨むぞ、カレンのクソ親父《おやじ》……!!

「ねぇ、オウガ……一緒に生徒会やろう……？」

「オウガくん……ボク、朝から放課後までもっと長くいたいよぉ」

そんな上目遣いでお願いされても俺は負けない……！　絶対に負けないぞ……!!

今世は己のやりたいことをやると決めたんだ！

たとえマシロとカレンのハーレム候補のお願いでもダメなものはダメなんだ。

「「オウガ（くん）……」」

両側から迫り来る大きいおっぱいが無事、両腕に着陸する。

ぎゅっ、むぎゅっと押しつけられるたわわに実った危険な果実。

目指していた天国のような光景なのに、迫っているのは地獄の選択。

お、俺は……俺は…………!!

「…………生徒会に入ろうかと、実は考えを改めていたんだ」

「やったぁ!!　オウガくん大好き!!」

「オウガ……ありがとう!!」

「あぁ……二人が喜んでくれて嬉《うれ》しいよ」

……言った。言ってしまった……。

ち、違う。俺は己の意志を曲げたんじゃない……そう！　これは戦略的な行動だ！

マシロ、カレンの好感度を稼げる。

さらにレイナを救い出すために生徒会の内情を知れる！

まさに一石二鳥の選択だから選んだんだ。

決して二人《ちち》の圧に負けたわけじゃないんだ……！

「ふふっ、ようこそリッシュバーグ魔法学院生徒会へ。歓迎いたしますよ、オウガ君」

自分への言い訳を並べている俺の心情を知ってか知らずか、レイナはいつもの無機質な笑みを浮かべながらもみくちゃにされる俺を見ている。

こうして俺は学院長の策によって【雷撃のフローネ】の名に違《たが》わぬ電光石火の速さで生徒会入りを決められてしまったのであった。

◇　◇　◇　◇　◇

「それではオウガ君の生徒会入りも決まりましたし、早速大まかな業務内容について説明を」

レイナの発言を遮るようにカランカランと金属音が鳴り響く。

「……しましょうかと言おうとしたんですけど、残念ながら予鈴が鳴ってしまいましたね」

「俺はこのまま始めても構わないが？」

「オウガ君にとって授業はつまらないでしょうが、生徒としてきちんと授業を受けてくださいね」

「この間は目をつぶってくれたじゃないか」

「生徒会役員になる人が校則を破っていては面目丸つぶれですから」

クッ……！　早速生徒会に入ってデメリットが……。

しかし、自ら生徒会に入ると言ったばかり。いきなり翻意してはあまりに格好悪い。

悪役としての格を落とすのは俺の信念に反する。

それにレイナを取り込むためにも好感度はある程度稼いでおく必要があった。

「わかった。なら、レイナの紅茶を希望する。あれは本当に美味《おい》しかった」

「…………」

なぜか呆《ほう》けた顔をして、こちらを見つめるレイナ。

……あぁ、なるほど。

「お茶菓子なら俺が用意するから要望があるなら聞こう」

「……フフッ、それじゃあとびきり美味《おい》しいのをお願いしますね？」

「ああ。レイナの紅茶があるだけで楽しみが増えるからな」

「……オウガ君は嬉《うれ》しいことを言ってくれますね」

「俺は当たり前のことを当たり前に言っただけだ」

クスクスと微笑《ほほえ》むレイナの表情には今までになかった優しさが見受けられた。

「むー。なんだか二人とも雰囲気よさそうだね」

「オ、オウガ！　浮気《うわき》はダメだぞ！　ちゃんと話を通してくれないと……！」

「あらあら。二人に怒られてしまいそうですし、雑談もここまでですね」

「みたいだな。じゃあ、また放課後」

「はい。生徒会室で会いましょう」

そう言って俺たちはそれぞれの教室へと向かって別れる。

「それにしても急な話だったね。まさかオウガが生徒会に入るだなんて」

「そうだよっ。前まで入りたくないって言ってたのに！　ボク、ビックリしたんだから」

プクリと頬を膨らませておかんむりの様子のマシロ。

どうやら本人に内緒だったのが気に食わなかったらしい。

だが、こればかりは許してくれ。俺も寝ている間に勝手に就任させられていただけだから。

「悪かった。少々俺にも考えがあってな」

「へぇ～……生徒会長さんを新しい婚約者にしようとかじゃないよね？」

……おかしいな？　近頃はだんだんと陽気な気候になってきたのに急に冷え込んできたような……。

ツーっと冷や汗が一筋、背中を伝っていく。
マ、マシロさん？　魔力が漏れてませんか？
「さっきも仲よさげな雰囲気だったし……これは気をつける必要がありますなぁ。ね、カレンさん！」

「そ、そうだね。私たちともたくさん思い出を作ってからにしてもらわないと困る」

「はい！　手始めにオウガくんをボクたちにメロメロにさせる必要があると思います！」

「いいね。そうだ、副会長就任のお祝いをしようよ」

「じゃあ、気合いを入れなくちゃですね！　アリスさんもお手伝いしてくれませんか？」

「もちろんです。ぜひお手伝いさせてください」

両腕をそれぞれがっちりと絡《から》ませている二人は俺を挟んでキャッキャと会話を弾ませている。

それも俺のための企画を考えてくれているのだから、内心ではニヤつきが止まらなかった。

クックック……ずいぶんと楽しいハーレムライフっぽくなってきたじゃないか。

同級生と幼なじみの手作りご飯……前世ならばどれだけの価値があるか。

どんなに徳を積んでも味わえない体験だ。

「オウガくん、楽しみにしておいてねっ」

「他に予定を入れたら許さないから」

「ああ、もちろん。たとえ一万人の女に口説かれたとしてもお前たちを優先するさ」

そう答えると二人は満面の笑みで抱きついて、さらに密着度が増す。

形を歪《ゆが》ませる柔らかなマシュマロが二つ×二。

断言しよう。

世界中で、ここがいちばん幸せにあふれている場所だと。

クックック……アーッハッハ——

「……ところで、さっきのボクの質問には答えてくれてないけど……本当に違うよね？」

——さて、なんと言い逃れしようか。

目当ては事務の処理能力だが、手に入れることには変わりない。

当然、バカ正直に言っては後ろの脳筋正義女騎士アリスが黙っていない。

考えろ、俺……！　つかの間の平穏を得るために……！

俺は天才として褒《ほ》め称《たた》えられる頭脳を修羅場から逃れる言い訳のためにフル回転させるのであった。

◇　◇　◇　◇　◇

生徒会入りを決断した後、まるで何事もなかったかのように平和な日常が流れ続ける。

昼食をとり終えて満腹感と集中力が途切れ、睡魔に負けないようまぶたをこする生徒もちらほら見受けられる時間帯。

学生生活において授業中ほど退屈な時間はない。

魔法適性がない故に知識を詰め込む幼少期を過ごしてきた俺にとってはすでに履修済みの範囲だからだ。

なので、俺の頭の中を支配しているのは今後のレイナ、そしてマシロたちへの対応だ。

不本意な形で生徒会に入ることになったが、これをプラスに捉えよう。

レイナとの接触機会が増える。つまり、俺のアピールタイムが増えるわけだ。

彼女をこちらに引き込むためにもよりよい仕事環境を見せるのが大事。

将来の金銭面などはもちろんだが、彼女はあまりそういう欲がないように見受けられる。

攻め落とすならば、こちらだろう。

まずは俺がフローネと違うところを見せる。

やるべきはレイナを甘やかしまくること。レイナに寄り添い、レイナの望む環境を作り上げてやる。

一度契約書にサインをさせてしまえば、こちらのものだからな。

なーに、資金ならたっぷりとある。

クックック……搾取《さくしゅ》する側はこんなにも楽しいのか。思わずにやけてしまうぜ。

「オウガくん。何してるの……？」

「少々考えごとをな。また後で話す」

「は～い」

なんだろう？　と小首をかしげながら、マシロは意識を授業に戻す。

今日も素晴らしい机に乗ったマシロッパイ……ではなかった。授業を受けるマシロはすぐ集中し直していた。

彼女は平民出だから、こうして魔法に関する知識を学ぶ機会は楽しくて仕方がないのだろう。

「ふむ……」

やはり夏の長期休暇に実家で強化合宿でも行おう。

同時に両親にマシロを紹介。マシロのご両親ともご対面。

一石三鳥で素晴らしい。

カレンには新調したドレスをプレゼントしよう。レベツェンカ家の呪いから解き放たれたが、今まで男装だったし彼女の体形に合ったドレスは持っていないはずだ。

彼女のお付きのメイドにスリーサイズを確認しておかねば。

別にやましい気持ちはない。ドレスを作成するのに必要な情報だから仕方なくな。

俺が二人に喜んでもらうための計画は今後のレイナを引き抜く上で大事な部分だ。

新規に優しく、既存に厳しいは不満を招く。

レイナに構ってばかりで不平等《ふびょうどう》というモヤモヤした気持ちが彼女たちに溜《た》まってしまえばいつか爆発してしまう可能性も出てくる。

そんなリスクは当然抱えたくない。

せっかく公爵家という立場に生まれたのだから活用しないと。

あとはアリスか……あいつが欲しがるものは思いつかないな……。

本人に聞くのが手っ取り早そうだ。

あのアリスのことだし、「悪党の基地をぶっ潰したい」くらい言うかもしれない。

部屋で二人きりになった瞬間、聞くことにしよう。

「では、本日はここまで。放課後は質問を受け付けているから何かある者は教員棟まで来るように」

やるべきことが決まったタイミングで本日最後の授業が終わる。

各所からざわざわと声が出始めた。

「ん～！　今日は一限からずっと座学だったからちょっと疲れちゃった」

グッと腕を伸ばして、凝り固まった筋肉をほぐすマシロ。

いけない。そのポーズは非常によろしくない。

「マシロは熱心だからな。少し姿勢が前のめりになっているせいかもしれない」

「えっ、ほんと？　次から気をつけないと」

マシロの場合は仕方ないかもしれない。

大きいおっぱいが付いていれば自然と重量に引っ張られて前のめりになってしまうのだろう。

「姿勢はいろいろな箇所へ影響を及ぼす。注意した方がいい。ところで、マシロ。さっき言った話だが……」

「なに～？　一つでも二つでも何でも聞いて？」

「マシロが（相手に）されて嬉《うれ》しいことって何だ？」

「ボクが（オウガくんに）されて嬉《うれ》しいこと⁉」

「ああ。（レイナを堕とすために）参考にしたい。ぜひ聞かせてくれ」

「た、単刀直入だね……。急にどうしたの？　最近、すごい積極的というか」

「（レイナに積極的なのは）否定はしない。けど、こんな俺を許してくれないか？」

「許さないとかないよ！　むしろ、ボクは嬉《うれ》しいというか、その……えへへ……」

指をモジモジとさせて頰を赤らめるマシロ。

今日も変わらずかわいらしい。

「ほ、本当に何でも良《い》いの？」

「できる範囲ならもちろん」

「じゃあ、その……引かないでね？」

すうはぁ……と呼吸を整えるマシロ。

その間も上下する胸に視線が行かないように真剣な表情を作りながら、彼女の言葉を待つ。

「ボ、ボク……オウガくんの部屋にお泊まりできたら嬉《うれ》しいな……なんて」

「お泊まり……？」

……なるほど。

就寝まで同じ空間で、同じ時を過ごすことによって信頼を深めるという意味か。

確かに俺とレイナの間に必要なのは、まずそういった信頼関係なのかもしれない。

俺の部屋というのは規則上難しいかもしれないが、一緒にマシロやカレン、それにアリスもいれば彼女も安心できるはずだ。

「ありがとう、マシロ。おかげで一つ前に進める」

「う、ううん。た、楽しみにしてるね」

「ああ。早速、この後レイナを誘ってみるよ」

「そうそう、生徒会長さんを……え？」

「ん？」

刹那、今朝ぶりの冷気が空間に流れ出した。

◇◇◇◇

時折、夢見ることがある。

私をこの地獄から連れ出してくれる王子様と、そんな素敵な人と結婚して幸せな家庭を作る夢。ミルフォンティの名を捨てて、もう作り方も忘れてしまった楽しげな笑顔を浮かべている私の夢。

叶《かな》わない夢なんて見ても傷つくだけだとわかっているのに。

それでもあの日、レベツェンカさんを王太子から救い出した彼の姿を見て、うらやましいと感じてしまうのは己の精神の弱さだろうか。

「……私は何も成長していない」

私はクズで、出来損ないで、代用品で……ぶつけられた罵倒は並べてもキリがない。

ずっと押しつけられてきた価値観《トラウマ》は拭えない。

他者による否定は容易《たやす》く人格を破壊する。

だけど、紅茶を淹《い》れている間だけは全ての雑念を忘れられた。

だから、それをだしに呼び出されたと勘違いした昨日は思わず怒りの感情のまま行動をしてしまった。

「それも勘違いだったなんて……」

オウガ君は本当に私の淹《い》れる紅茶を「美味《おい》しい」と思ってくれていた。

努力した私の価値を見出《みいだ》してくれていた。

ずっと嘘《うそ》をついてきた人生だから、人の眼《め》を見れば言葉の真偽が私にはわかる。

私の一部が認められたみたいで、すごく嬉《うれ》しい。

そんな人がレイナ・ミルフォンティを欲しがってくれた。

いつだって停滞した現状を壊すのは天才だ。

……オウガ君なら……もしかしたらあの先生を怪物《かいぶつ》を……。

「……ダメ。希望を持ってはいけない」

甘い考えを捨てるように頭を振る。

やっと何年もかけて自分を傷つけない鉄仮面を得たのにこんなところで捨てても意味がない。

それにどうせ私の命も……いや私という自我もこの世から消えてなくなる。

「……そろそろ彼らが来る時間のはず」

切り替えましょう。

いつもの私に。人形のレイナ・ミルフォンティに。

指を頰に当てて、見慣れた笑みを作り上げる。

こうしておけば私はまた仮面を被《かぶ》れるから。

「レイナ!!」

予想通りのタイミングで彼の声が聞こえる。

なぜか頰に真っ赤な手の跡を作った彼は扉を開け放つなり、こう言い放った。

「今晩、俺の部屋に泊まらないか!?」

「……え？」

部屋に泊ま……？　えっ、えぇ……？

……落ち着きましょう。

まずは状況を観察して情報を得るのです。

一緒にいるリーチェさんは頬を膨らませて怒っている様子。

無表情にいつも変わらぬメイドさん。

オウガ君のビンタされた跡。

おそらくリーチェさんがつけたものでしょう。

リーチェさんが怒るということは、おそらく女関係。

そして、私へ向けられた「俺の部屋に泊まれ」。

つまり、導き出される言葉の意味は——

「………っ⁉」

——俺《ど》の《う》もの《き》になれ《ん》⁉

……いけません。先ほどまでifの未来を夢見ていたから、こんな希望的観測を出してしまう。

普通に考えれば、こんな白昼堂々と夜の誘いをするなんてありえない。

それも相手はあのオウガ・ヴェレット。

己の正義を振りかざし、王道を突き進む彼がそんな卑猥《ひわい》な思考で頭が埋まっているわけがないでしょう。

だったら、先ほどの言葉は私の聞き間違い……いえ、この体が間違いを起こすわけが……。

考えていてもきりがありませんね。

思考にふけったおかげで冷静さを取り戻した私は直接、本人に聞くことにした。

「……オウガ君？　それはどういう意味で？」

「もっとお前と深い仲になりたい以外にあるのか？」

「んんんんっ⁉　ごほっ、げほっ⁉」

「どうした、レイナ⁉　落ち着け」

彼はすぐそばに駆け寄り、背中を撫《な》でてくれる。

布一枚隔てた先に感じる手の感触に、思わず意識が向いてしまう。

ゴツゴツとした決して綺麗《きれい》とは言えない、だけど力強さと彼のこれまでの努力が感じられる異性の手。

……ダ、ダメ。冷静になりなさい、レイナ。

まさか私がこんな風に女として求められるとは考えもしていなかった。

他人からの視線はずっと私じゃなくて、私の後ろにいる先生に向けられている。

「…………っ」

そっと胸元に触れる。火照《ほて》った指先を冷やす塊が高ぶった感情を落としていく。

……そうだ、そうじゃないか。

あの日から、これを受け入れたときから私は普通の幸せを諦めたのだ。

私の体を見れば、きっとオウガ君も幻滅するはず。

何を淡い期待をしていたのだろうか。

もう私は普通の人生を歩める側の人間じゃない。人間ですらない。

「どうだ、落ち着いたか……？」

だから、その希望に満ちあふれた瞳を向けないでほしい。

私にはまぶしすぎる。

「……はい、私は大丈夫です。すみません、心配をかけてしまって」

「気にしなくていい。急にあんなことを言ってしまった俺も悪かった」

あ、その自覚はあるんですね……。

ということは、ますます『俺のものになれ』疑惑が確信に近づくわけですが……。

……一旦、このことは頭から避けましょう。

思考が正常に働かなくなる。

「それで返事は？」

――しかし、彼が逃がしてくれない。

「へ、返事？」

「ああ。俺の部屋に泊まるのか、泊まらないのか」

「そ、そうですね。仕事が終わってからでは」

「ダメだ」

「ひゃっ⁉　……⁉　……っ‼」

ぎゅっと手を握られて、自分の口から信じられない甘い声が出てしまう。

「俺は今、レイナの口から聞きたい」

力強い意志のこもった視線が私を貫く。

ど、どうすれば……。目をそらした先には攻防を繰り広げる私たちを見ている少女がいた。

「あっ……！　リーチェさんはいいんですか⁉　オウガ君、すごいこと言っていますよ⁉」

「うーん……でも、オウガくんは一度口にしたら覆《くつがえ》しませんから」

あきれた口調で、肩をすくめるリーチェさん。

くっ、彼女はもう受け入れてしまっている。

きっとオウガ君にビンタをしたことで、ある程度溜飲《りゅういん》が下がっているみたいだ。

ならば、ここにいないもう一人の名前を出すしかない。

「レ、レベツェンカさん！　そう！　レベツェンカさんが悲しみますよ！」

「カレンには話を通している。マシロも一緒で仲間はずれにしないから安心してくれ」

いきなり四人で⁉

これで退路は完全に断たれた。

「レイナ……お前の気持ちはよくわかる。（仕事を放棄するのが）不安なんだろう？」

「そ、そうです。だって、初めてがこんな形でやってくるなんて……」

「（サボるのが）初めてか。心配するな。経験者の俺がリードしてやる」

「や、やっぱりオウガ君は経験豊富なんですね……」

「これからは俺がたくさんレイナに（ホワイトな職場を）教えてやろう。もう元の生活に戻れないくらいに」

「そ、そんなに……!?」

「ああ、たっぷりとな」

そっと耳元でささやかれる。

あ……あぁ……な、なにか。なにか断る言い訳を……。

グルグルと混乱する脳みそ。

何を選択するのが正しいのか判断力がどんどん奪われていく。

「…………ました」

「ん？」

「わかりましたっ。今晩、オウガ君の部屋にお邪魔します……っ」

だからこそ、口から出た言葉は間違いなく私の本能に従ったものだった。

言ったのは私自身なのに、少しの間だけ信じられなかったから。

私は、自分の意志でオウガ君の部屋に行く行動を選択したのだ。

「そうか！　それはよかった！」

どうして満面の笑みなんですか……？

疲れ切った私とは裏腹に喜ぶ彼は部屋の入り口で待つ二人の元へ戻る。

「では、また後で会おう。その際に生徒会での業務内容についても改めて聞く」

それは構わないのですが、説明できる雰囲気になるのでしょうか。

「クックック……俄然《がぜん》楽しみになってきた」

最後にそう言い残して、オウガ君は生徒会室を出ていった。

嵐のように去っていった彼の背中を見届けた私はまだ衝撃から立ち直れないままでいた。

「お、押し切られてしまいました……」

……え？　ほ、本当にこの後、私は……オウガ君の手に……。

先生は少しでも油断を誘うために距離を縮めておけとおっしゃっていた。

だけど、これは明らかに想定の範囲を超えているような……。

力が抜けて、ぐったりと机に突っ伏す。

「……どうやって回避しましょう」

彼の誘いを承諾してしまった。とはいえ、そういう行為には及べない。

私の体は到底、人に見せられるものじゃないから。

だけど、もし……もし彼がこんな私の体を受け入れてくれたら……？

そんな奇跡みたいな夢物語が頭をよぎる。

……ほんのりと指先にまだ残っている彼の温かさ。

「……ふふ」

もう一度、自分の胸元に手を当てる。

だけど、オウガ君のぬくもりは消えずに残ったままだった。

◇　◇　◇　◇　◇

「…………ふぅ」

いや、全然「ふぅ」ではありませんが。

暑さが辛《つら》くなってきた昼とは一変して、涼しい風が吹いている夜。

にもかかわらず、私は変な汗をかいていた。

緊張している……？　この私が……？

「まさかこんな日が来るなんて」

あの後、早々に業務を中止した私は自室に戻って準備をした。

所持している中で可愛《かわい》い下着を選んで、シャワーを浴び、身を清めて……。

「急ごしらえにしては良《い》い物を手に入れられましたね」

男性受けする寝間着なんて当然持っているはずがなく、街へと出て買ってきた服装を見直す。

露骨に下品すぎず、それでいて脚は大胆にさらけ出す。

ええ、理解しています。自分のような貧しい胸に需要がないことくらい。

ならば、太ももで勝負するしかありません。

健康には気を遣っていたおかげで肌の張りは悪くないはず。

オウガ君が胸だけでなく、太ももにもフェチズムを持っていることに賭けましょう。

……ここからは戦場だと心しなさい、レイナ。

私がオウガ君と深い仲になれば、その分だけ彼をあの島に連れていく計画の成功率は高くなる。

オウガ君は身内だと認めた者にはとてつもなく優しい。

身分、過去……全て関係なく包み込んでくれる。

ならば、千載一遇のチャンスなのだ。

初めてが四人というのも……得がたい経験だと思いましょう。

「英雄色を好む」といいますし、彼もまた歴史に名を刻む一人だという証《あかし》ですね。

オウガ君の部屋の前で人差し指を頬に当てて、笑顔の仮面を作り上げる。——と、その瞬間。

「あんっ！」

パンと乾いた音と一緒にドアを越えて聞こえたレベツェンカさんの声。

えっ、えっ……もうすでに開始している……!?

そんなに激しい音を立てるほどに……？

「……いいえ、きっと聞き間違いです。そうですよ。こんな学生寮の一室でまだ寝静まる時間でもないんですから」

自分に言い聞かせるように呟《つぶや》いて、心の平静を取り戻す。

どうしてオウガ君はこんなにも私の心を乱してくるのか。

全く困った人だ。

「ごめんください。レイナです」

「おお、待ち遠しかったぞ、レイナ。すまないが、自分で開けてくれないか？　いま手が離せなくてな」

「……わかりました」

やっぱりもう宴《うたげ》が始まっています……!!

手が離せないってことは絶対に違うものを摑《つか》んでいるからですよね！

レベツェンカさんの腰とかお、お尻とか……！

数々の女生徒と関係を持っていたあの王太子と同じじゃないですか。

私の到着を我慢できずに始めてしまうなんて……オウガ君への印象が変わってしまいます。

こんなにも欲望に忠実だったなんて、一人の女としては少しばかりがっかりです。

……でも、そんな私情は表に出してはいけません。

私はあくまでいつも通りに彼と仲を深めれば良《い》い。

それだけなのですから。

「……っ」

息をのみ、広がっているであろう淫乱な世界に覚悟を決めて私は扉を開けた。

「オウガ君。本日はお招きいただき、ありがと――」

「ようこそ、レイナ生徒会長～!!」

「――えっ」

私の言葉を遮ったのはパンッと筒がはじける音と、出迎えてくれるリーチェさんとレベツェンカさん。

ヒラヒラと舞った紙吹雪が床に落ちていく。

「歓迎するぞ、レイナ」

ちょうど『親睦を深めるお泊まり会』と書かれた横断幕を飾っていた彼はその体勢のまま、こちらへと笑みを向ける。

壁一面に飾り付けられた色紙《いろがみ》の輪。

テーブルに並べられたお菓子の数々。お昼のように紅茶を淹《い》れる用具も揃《そろ》えられていた。

想像とかけ離れた光景に思わず目をぱちくりとさせる。

「えっと……これは……」

「友として仲を深めるためにはお泊まり会がいいとマシロにアドバイスを貰《もら》ったんだ。なんで

も平民たちの間には『パジャマパーティー』なる文化があるらしいじゃないか」

「はぁ……」

「レイナと友好的な関係を築き上げたい。それに外部から見てもレイナは働きすぎだ。どうにかレイナを休ませたい。一石二鳥なのが、今回の集まりというわけだな」

「その、四人でやるっていうのは……」

「もちろんパーティーのことだが？」

「さっき鳴った大きな音は……」

「カレンが誤射してしまったんだ。俺の作った魔道具《クラッカー》の操作を教えていたときについ、な」

「ビックリして変な声を出してしまいました……驚かせてしまいましたよね」

ごめんなさい、とレベツェンカさんは頭を下げる。

だけど、今の私はそれどころではなかった。

一連の会話を思い返す。

よくよく考えれば、彼は一度もそんな言葉を口にはしていない。

ただ純粋に仲よくなりたいと話していたのを、私が状況から推察して勘違いしていたというだけで……。

「……フフッ」

ああぁぁぁぁぁぁっ!!

「レイナ⁉」

ごめんなさい、オウガ君。いちばん淫《みだ》らなのは私でしたっ‼

湧き上がってくる恥ずかしさには到底耐え切れず、私はその場に崩れ落ちた。

◇◇◇◇◇

「……なぁ、アリスよ」

「いかがなさいましたでしょうか？」

「レイナはなぜ座り込んで動かなくなってしまったんだと思う？」

入って二言三言交わしたら、顔を手で覆って固まってしまった。

ぶつぶつ呟《つぶや》いているのはわかるんだが、とても近づけず聞き取れない。

「あくまで私の予想ではありますが、ミルフォンティ嬢は喜びに打ち震えているのだと思います」

「根拠は？」

「もし私がオウガ様にこのような出迎えをしていただけたなら、歓喜のあまり涙を流すからです」

「なるほど」

絶対違うと確信した。

どうやら聞く相手を間違えたようだ。

でも、なにげにアリスがされて嬉《うれ》しいことが判明した。

ふむ、屋敷《やしき》に帰る際に盛大にお祝いをするとしよう。

ともあれ、レイナをそのままにしておくわけにもいかない。

俺は膝を折り、彼女に手を差し伸べる。

「大丈夫か、レイナ」

「…………です」

「ん？　悪いがもう一度言ってくれないか？」

「——そうなんです！　私、友達ができたためしがなくて!!　だから、こんなに歓迎していただいて崩れ落ちるほど嬉《うれ》しかったんです！！！」

「そ、そうか。それならいいんだが」

「本当ですよ!?　それ以外のことなんて考えていませんから!!」

らしくないレイナに気圧《けお》された俺はわかったわかったと相づちを打つ。

……いや、「らしくない」というのは俺の決めつけか。

何も知らないくせにレイナ・ミルフォンティを語るのも失礼だ。

彼女にも存外、少女の一面があったと知れて、よかったと思う。

「クックック。ならば、レイナは今後困るかもしれんな」

「……こほん。なぜでしょう？」

「誕生日、卒業式……これから様々な記念日で俺は何度もお前を祝う会を開くだろう。これ以上の規模のものをだ。そのたびに泣かせてしまうな」

「……っ！　……フフッ、その心配はありませんよ。私が泣く姿をオウガ君たちが見ることはありません」

「ほう。ずいぶんな自信だ。こうなったら意地でも泣くくらい盛大なものにしないとな。オウガ・ヴェレットの名にかけて」

落ち着きを取り戻したのか、レイナは俺の言葉に苦笑するだけで終わった。

クックックッ、そうすました顔をしていられるのも今のうちだ。

俺がミルフォンティ学院長のブラックな束縛から解き放った暁にはボロボロと喜びの涙を流すだろう。

ひとまず次は『退職記念』だな……クックック……！

「レイナ生徒会長……」

「どうして言ってくれなかったんですか……？」

レイナの手を握るマシロとカレン。

そのまなざしは生暖かく優しいものだった。

「えぇと、お二人とも？　どうされたんですか？」

「今日から私たち……友達ですよ」

「ボクでよかったら、いつでも遊びに行きますから！」

「あ、ありがとうございます」

「今夜はいっぱいお話ししましょう」

「これからはお仕事も一緒に頑張りますからね！」

「もちろん俺もだ。明日からは昼食も共にしよう。アリス、品の数を増やしておくように」

「はっ、かしこまりました」

「……背に腹はかえられませんね」

「ん？　何か言ったか？」

「いえ。とても親切にしていただいて、ありがたいなと」

そう言う割には、なぜか頬を引きつらせているが……。

……そうか。彼女は友達がいないと言っていた。

あのミルフォンティの弟子という立場。

きっと血もにじむ努力をしてきたのだろう。当然、同世代と遊んでいる時間などないはず。

故にこういった距離感に慣れていないに違いない。

「………」

……この胸も魔法に全てを費やした不健康な生活の代償として育たなかったんだろうなぁ。

「オウガ君？　何か気になる点でも？」

「いや、なんでもない」

おっと危ない。女性は胸への視線に敏感だという。

あまり見すぎるのも良くないな。

「さて、本題に入ろう。楽しいパーティーはレイナの説明を聞いてからだ」

そう言って、俺がソファに座るとマシロとカレンも両隣に腰を下ろす。

ここからは真剣な話だ。

先ほどまでの空気は霧散し、みんな引き締まった表情をしている。

レイナも対面の空いたアームチェアに着くと、咳払《せきばら》いを一つ挟んで口を開いた。

「それではまずオウガ君とリーチェさんを学院長があそこまでして欲しがったわけを説明しましょう。回りくどい言葉もいらないでしょうから単刀直入に言います。——お二人には『学院魔術対抗戦』に私とチームを組んで出場してほしいからです」

「ボ、ボクたちが生徒会長さんとチーム⁉」

「学院魔術対抗戦か……」

物知り顔に呟《つぶや》いて、背もたれに上半身を預ける。

ちなみに、どんなことをするのか全く俺は知らない。

こういった魔法を使うイベントには縁がないだろうと興味を持たなかったからだ。

「す、すごいよ、オウガくん！　ボクたち学院の代表になるんだよ！」

「一年で代表に選出されるなんてレイナ会長に続く快挙だよ、二人とも！」

「流石《さすが》でございます、オウガ様、リーチェ嬢」

「ふっ、そう褒めるな。喜ぶのはレイナの話を聞いてからでも遅くないだろう」

だから、めでたいことがあるたびに紙吹雪を散らすのやめなさい、アリス。

どうやら三人の喜び方を見るに名誉なことであるのはわかる。

でも、俺にはそもそもどういうイベントなのかがわからない。こんなことなら興味ないからとスルーするんじゃなかった……！

今さら『学院魔術対抗戦って何？』なんて聞けない。

それとなくレイナから情報を引き出さなければ……。

拍手と紙吹雪の雨を浴びながら、俺はいつも通りを装《よそお》って彼女に尋ねる。

「魔法適性ゼロの俺を選ぶんだ。何か事情があるんだろう？　一から教えてくれ」

「そうですね……オウガ君もご存じの通り、学院魔術対抗戦は何百回と繰り返された九つの魔法学院の生徒が実力を披露する大会です。今年も一ヶ月後、島国であるラムダーブ王国で行われます」

なるほど、名前に違《たが》わずか。

王国各地にはそれぞれの特色を持った魔法学院が点在する。

最も歴史が古く、魔法史に名を残す人物を輩出してきたのが王立リッシュバーグ魔法学院だ。

「各校三人一組《スリーマンセル》を十組、計三十人のチームで魔法学部門、魔法競技部門、魔法戦部門の三部門に分かれて争い、それぞれの点数の合計で総合優勝が決まる。リッシュバーグ魔法学院はこの学院魔術対抗戦において近年は全て総合優勝の栄光を手にしてきました……昨年を除いて」

「そうか……！　それでオウガとリーチェさんを……！」

え、え？　どういうこと？

カレンさん、一人で納得して話を遮らないで。

俺、全く追いつけてないから！

「レベツェンカさんの想像通りです。……オウガ君は他の魔法学院について聞いたことは？」

「無論あるぞ。全てを検討して、リッシュバーグを選んだからな」

答えられる質問に安堵《あんど》しながら、レイナの言いたいことを予測する。

わざわざ他学院の話題を出すくらいだから、それぞれの特色に関係があるのだろう。

他学院に共通して、リッシュバーグにない。その上で優勝を逃した点を踏まえると……。

「……ああ、なるほど」

たどり着いたのは、驚くほどつまらない推測。

だが、これが正解だとはっきり自信を持って言える。

「平民出身が代表にいるチームに負けて、優勝を逃したんだな？」

そう告げると、レイナはコクリと頷《うなず》いた。

「魔法戦部門で私のチームは準優勝に終わり、総合優勝を逃しました。そして、問題が起きたのは大会後です。チームメイトたちは学院中の生徒だけにとどまらず、卒業生からもひどい非難を受けました」

「……レイナは何もなかったのか？」

「そうですね。ですが、それが悔しくもあります。チームの長として、仲間を守れなかったのですから……」

「……私は観客として見に行っていたんですが、レイナ生徒会長は最後まで一人で戦い抜かれていました。仲間が落とされて圧倒的不利な状況で、最後はあと一人まで追い込んだ活躍を見て、誰も文句を言いませんよ」

おそらくレイナが責められなかった理由はそれだけじゃないだろう。

バックにいるフローネ・ミルフォンティの存在も大きいはずだ。

その分、他二人にバッシングが集中したのだろう。

ハハァン……なるほど、読めてきたぞ。

「その二人はどうなったんだ？」

「……休学になって、そのまま学院を去ってしまいました。同じ生徒会の先輩で、優しい方々だったので……あのときは己の無力さが嫌になりましたね」

「今年の生徒会に新メンバーがいなかったのも、それが原因だな？」

「……嘘《うそ》はつきたくありません。オウガ君の言う通りです」

前年の結果を踏まえて、レイナが在籍している今年はなんとしても優勝をしなければならない。

もし優勝を逃せばどうなるのか。恐ろしい結末を見せつけられた生徒が立候補するわけがない。

生徒会入りすればレイナとチームを組まされる可能性は高くなる。

つまるところ、俺は体《てい》の良い生《い》け贄《にえ》といったところだろう。

学院の温室育ちの腑《ふ》抜けたちは敗北が許されないプレッシャーから逃げて、負けても仕方ないと「今年の学院魔術対抗戦」を捨てたのだ。

クックック……あまりの情けなさに笑えてくるぜ。

どこの世界でも責任の押し付け合いは醜いものだな。

その結果、レイナは俺たちに頼らざるを得ないほどに人選に困っているわけだが……。

「レイナ。一つ、聞きたいことがある」

「なんでしょう。私に答えられることならば、何でもどうぞ」

「俺とマシロを選んだ理由は？」

「お二人と一緒なら、優勝できると確信したからです」

……フッ、即答か。

これだけでも満足だが、俺はあえて納得しない。

レイナならこちらを説き伏せるだけの台本をきちんと用意しているはずだ。

「なぜだ？　たかが入学して数ヶ月の俺たちにそれだけの実力があると？」

「根拠は三つあります」

レイナは三本、指を立てる。

「一つ、オウガ君たちはデータのない一年生だということ。学院魔術対抗戦は時期と授業カリキュラムの関係上、一年生は滅多に代表に入りません。これだけで奇襲になります」

「二つ、オウガ君は魔法を使えない身ながら王太子に打ち勝ちました。その力は間違いなく通用すると大会に出場した私が判断しました」

「三つ……これは推測ですがリーチェさんは実戦経験がありますよね？　あの日、魔法の実演をしようとしていたオウガ君たちです。今日まで何もしていない……なんてことはありませんよね？」

これでどうだ？　と言わんばかりの視線がこちらを射貫《いぬ》く。

それを受けた俺は口端《くちのは》を吊《つ》り上《あ》げ、ゆっくりと手を叩《たた》いた。

「クックック……わざわざ実績もない俺たちを出場させるために、よくそこまで描いたものだ」

「それだけの価値がお二人にはありますから」

「フッ、天下の生徒会長様にそこまで言われて断れる大馬鹿はいないだろうな。なぁ、マシロ？」

「うん！ ボク、生徒会長さんの力になってあげたい！」

「……ということは」

「ああ、このオウガ・ヴェレットの覇道を世界中に見せつけてやろうじゃないか……！」

「オウガくんの隣を歩むマシロ・リーチェも一緒に……！」

「オウガ様、リーチェ嬢……おめでとうございますっ!!」

立ち上がってポーズをとった俺と、それを真似《まね》するマシロ。

そして、二度目の紙吹雪を降らせるアリス。

「お二人とも……ありがとうございます」

俺たちの返事を聞き、安堵《あんど》したレイナは真っ平らな胸を撫《な》で下《お》ろす。

その表情に感じられた緊張はすっかり抜けていた。

彼女にとって俺たちの出場はよっぽど重要な事項だったらしい。

「礼なんていらないさ。しかし、俺たちの代表入りに反発はあるだろうな」

「そんなことはないと思いますよ。オウガ君の噂《うわさ》はみんな知っていますから」

「噂《うわさ》を……？　クックック……なるほど、そうか」

俺の噂《うわさ》といえば悪評ばかり。

どうやら学院の奴《やつ》らは俺を代表に入れてまで笑いものにしたいらしい。

俺は貴族の生まれだが魔法適性ゼロで、悪評蔓延《はびこ》る男。卑劣な手を使って王太子を負かした悪役。

マシロは平民出身。

こんなにも負け戦にぴったりな人選はない。

外れくじを自ら引くような行為だ。奴《やつ》らも納得するわけか。

そう思うと、今から気合いも乗ってくる。

俺たちが優勝し、その栄光を見せつけてやるのもまた悪役として一興。

目に物を見せてやろうじゃないか。

「まぁ、いい。これで正式に俺たちは優勝という同じ志を持つチームになったわけだが……そういう意味でも今日集まったのは意味があったな」

「うんうん！　チームを組むなら仲を深めないとね。ボク、生徒会長さんのこと何にも知らないし」

「確かに。私も生徒会長がこのような可愛《かわ》いブランドを好みだとは知らなかったな」

「これは、その……普段は着ないのですが、今日は事情があると言いますか……」

「もしかしてボクたちのために気合いを入れてくれたんですか⁉」

「えぇと……はい、当たらずとも遠からず、といったところでしょうか」

「えへへ、なんだか嬉《うれ》しいですっ！」

感情が爆発したマシロがレイナの隣に座って、ぎゅっと抱きつく。

「……⁉ ……っ⁉」

その瞬間、レイナの表情がとんでもないことになる。

持たざる者であるレイナにはマシロのハグは刺激が強すぎたか……。

わかる……わかるぞ。あれは一種の麻薬だ。

一度受けてしまえば、もう並のハグでは満足できない体になってしまう。

「さぁ、堅苦しい話も終わりだ。せっかくの菓子も用意したんだ。この時間を楽しもうじゃないか。レイナ、悪いが紅茶を淹《い》れてくれないか」

「え、ええ、もちろん喜んで」

「というわけだから、マシロも離れなさい」

「はーい。あっ、それじゃあオウガくんともぎゅーしよっ！」

「なに――」

助け船を出したら、こちらにマシロっぱい爆弾がやってきた。

「リ、リーチェさん⁉ ずるい！ わ、私だって……えいっ！」

顔面が両側からのおっぱいで埋まる。

むにむにと柔らかだらけの幸せ空間がここに——あっ、ちょっと待って。

二人とも嬉《うれ》しいんだけど、そんなに隙間なく押しつけられると呼吸が苦し……！

「……っ！　お二人ともオウガ様を解放してください！　窒息されかけていらっしゃいます！」

「え～？　またまたアリスさんったら面白い冗談だね。ねぇ、オウガくん……オウガくん？」

「…………」

「オウガぁぁ!?」

「……紅茶の準備をしている間にこれだけのことが……？」

こうして騒がしい夜のお茶会が始まった。

◇　◇　◇　◇

「オウガくん、ごめんなさい！」

「ついつい力が入ってしまって……」

「心配しなくていい。あれしきで意識を落とすほど柔な鍛え方はしていない」

嘘《うそ》だ。本当はすっっっごいギリギリだった……！

柔らかさによる幸せと息苦しさの苦しさを交互に味わった俺はアリスに救出され、一命を取り留めた。

おっぱいによる圧死の恐ろしさは挟まれている本人が抜け出したくなくなる点だ。

あの極上の柔らかさを知ったならば、常人の理性では本能を抑え切れまい。

危うく俺も陥るところだった……今後はこういった快楽への特訓も積まねばならんな。

――という一幕を挟み、今は女性陣がメインとなっておしゃべりに花を咲かせている。

「え～⁉　じゃあ、生徒会長さんはどんなお貴族様との婚約もお断りしているんですか⁉」

「私自身、誇れる成績も残せていないですし……あまりそういったことに興味がなくて」

「一回もですか……？　生徒会長なら好条件でたくさん来ていそうですけど」

「フフッ、一回もです。実は私、先生から恋愛は禁止されていますから」

「え～っ⁉」

マシロは面白いくらいリアクションが大きい。

レイナとカレンもクスクスと笑って楽しそうだ。

「師匠と弟子の関係ってそこまで口を出すものなんですか？」

「なにせ【雷撃のフローネ】だから求めるレベルがきっと高いんだよ。でも、リーチェさんの気持ちもわかるな。……あれ？」

「どうかされましたか、レベツェンカさん？」

「でも、オウガにはレイナ会長を差し出してもいいって学院長は言っていたような……」

「それだけ先生はオウガ君の将来性を見越しているのだと思います。さすがはオウガ君ですね」

「彼《か》の英雄に認められる実力……さすがはオウガ様です」

「フッ、そう褒めるな、アリス。紙吹雪は散らさなくていいぞ」

どこからか取り出した紙吹雪を撒《ま》こうとしたアリスの手を取り、やめさせる。

この短時間で三回目だ。天井にもほどがある。

「失礼いたしました。今後は紙吹雪ではなく、オウガ様を称《たた》える新たな手法を考えてまいります」

そういうことじゃないんだけど、本人がやる気満々なので何も言わないことにした。

人間は「慣れ」の生き物。どんなものが来ても順応できそうな自分が怖い。

「……話は戻りますが、先生は暇があるならば魔法の修練に時間を当てなさいという方なので」

「あ〜、なるほど〜」

「確かにミルフォンティ学院長が師匠だったら、あまり他のことに時間を割く余裕がないですよね」

「ええ、先生はとても厳しい方ですから」

「……どれくらいですか？」

「……とても、とだけ申しておきましょうか」

「だけど、学院長のことですからきっと生徒会長を想《おも》ったメニューを考えているんでしょうね」

「ええ、そうかもしれませんね」

「いいなぁ、ボクももっと強くなりたい……。あの～……生徒会長さんに頼んだら、ちょっとだけでも学院長に教えてもらえないかなって……」

「――やめておいた方がいいです」

それは明確な拒絶を含んだ強い口調で放たれた。

だけど、レイナも無意識に口から出たのか、とっさにいつもの笑顔を作ってフォローを挟む。

「リーチェさんと先生では属性の適性が違いますから。きっとオウガ君がぴったりの先生を連れてきてくれると思いますよ」

「そ、そうですよね～。ボクってばついつい甘えちゃって……」

「……レイナの言う通りだな。もっともマシロはまだ誰かの専門的指導を受けるほどの基礎ができていないがな」

「あ～、オウガくんっ。そんなに言わなくても良《い》いじゃん～」

マシロがほっぺを膨らませてぽかぽかと叩《たた》いてくる。

これでさっきまでの重くなりかけた空気は霧散したが……ふむ、ちょうど良い頃合《い》いか。

「そろそろお開きの時間だ」

俺は空になったティーカップを置くと、指をパチンと鳴らす。

すると、アリスがテキパキとテーブルの上を片付け始めた。

ほんの数分にも満たないうちに全ての片付けが終わる。

「さて、マシロ。パジャマパーティーなるものは一緒に寝るんだったな？」

「あっ、うん！　でも、さすがにベッド一つじゃ足りないかも……」

「それなら心配いらん。来客用のソファベッドを用意してある。だが、ブランケットが一枚しかなくてな。マシロ、カレン。悪いが各自の部屋から持ってきてくれないか？」

「ああ、そういうことなら」

「は〜い。夜の寮を歩くなんてドキドキするなぁ」

「先日、あんな事件があったばかりだ。万が一があってはいかん。アリスも二人についていってやってくれ」

「かしこまりました」

「じゃあ、行ってきます。すぐ戻ってくるから」

意気揚々と出ていくマシロについていくアリス。最後に部屋を出たカレンは直前、俺にパチンとウインクをした。

俺の意図を読んでくれたのだろう。

だから、率先して同意してくれた。

フッ、さすがは俺の女。できる良い子ばかりで困ってしまうぜ。

「……ありがとうございます」

先ほどまでの騒がしさは消え、シンと静かになった部屋にレイナのか細い言葉が落とされる。

「何を言うのかと思えば……礼を言うのはこちらの方だ。ありがとう。優しいんだな、レイナは」

レイナはマシロの軽はずみのお願いを断った。

それはマシロにフローネによるブラック労働を受けさせせないように気を遣ってくれたのだろう。

思わず強い語気で言ってしまったのも、彼女が内心でフローネをよく思っていないからに違いない。

こうして関わるまでレイナは鉄仮面の冷酷な女だと思っていたが、実態は違った。

鉄仮面を被《かぶ》らざるを得なかったのだ。酷使される環境から己を守るためには。

意図しない形ではあるが、彼女の心の内を少しでも知ることができた。

「……私はオウガ君が思っているほど優しくはないですよ」

「関係ない。俺の意見は俺のものだ。レイナがいくら否定しようが変わらん」

この自分を卑下するような物言いも、よく理解できる。

上司によるパワハラで精神は摩耗し、悪いのは全て自分だと思い込む負のスパイラル。

まさにブラック企業そのもの……！

「だから、お前は優しいと何度でも言い張ろう」

レイナに必要なのは他者からの承認だ。

それも彼女と同等の地位を持つ者から。

なまじ生徒会長&フローネの弟子という高い立場があるから、マシロやカレンたちから貰《もら》う褒め言葉をまっすぐ受け取らない可能性がある。

レイナの将来の上司として、これくらいの役割は務めようじゃないか。

一度欲しいと思ったものを手に入れるためなら悪魔にだって魂を売る男だぜ、俺は。

一度捕まえてしまえば二度と逃げられないからなぁ……クックック。

「……オウガ君は不思議な人ですね。あなたの前では……なんだか空回りして上手《うま》くいかないことばかりです」

「クックック。この俺を都合よく動かせる人間だと思うのが大間違いだな」

「その通りですね。……本当にあなたは……あなたなら……」

レイナはふらふらと立ち上がり、こちらへと近寄る。

どうやら片付けを手伝ってくれるみたいだ。

「レイナ。悪いが、テーブルを端まで動かしたい。俺が反対側を持つから――うぉっ⁉」

移動しようとした瞬間、テーブルの上に体を乗せられた。

そう。レイナが軽々と俺を持ち上げたのだ。

細腕のどこにそんな力が……なんて考えているうちに彼女が俺の下腹部に座っていた。

……あれ？　レイナさん？

「この服の下……気になるんですよね、オウガ君……？」

そう言って、彼女はプツリと第一ボタンを外した。

くっ……やはりバレていたか。

『レイナのおっぱい小さいんだろうな』という俺の同情的な視線が……！

だから、レイナは二人きりになったこのタイミングで勝負に出たのだ。

俺が見たいと口にすれば、あんな同情的な視線を向けたくせに『結局おっぱいだったら何でも良《い》いんでしょう？』と冷笑と嫌悪感《けんおかん》をぶつけられるに違いない。

……だが！　だが、あえて今の正直な気持ちを叫ぶのならば。

小さいおっぱいでも見られるならば見たい‼

前世で俺はとことん女運がなかった。当然、恋人のおっぱいを見た経験もない。

そう、俺は生乳を間近で見たことがなかった。

レイナめ……。偶然だろうが、その弱点を突こうとは……。

「オウガ君……正直に答えてほしいです」

とても真剣な表情でレイナは答えを促す。

ふぅ……クールになれ、オウガ・ヴェレット。

一時の欲で行動してはいけない。最悪、レイナとの関係が終わりを告げてしまう。

そうだ。ミオの夜這《よば》いを思い出せ。

俺は巨乳派だからという理由でミオを拒絶したじゃないか。

あのときの格好良い俺ならばできるさ。

さぁ、口にしろ。「断る」と──

「──見せてくれ」

あっれー!? 本音がこぼれちゃったぁ!?

真面目な顔をしてなんて最低な発言をしているんだ、俺は！

くそっ！ おっぱいサンドによって理性が削られていたのか……!?

「俺はどんな胸《もの》でも受け入れる覚悟ができている」

こうなったらやけだ！

口から出てしまったものは引っ込めることはできない。

なら、ちょっとでも印象を良くしようとごまかすように言葉を付け加えたが、レイナの反応は……？

恐る恐るまたがっている彼女の表情を確認する。

「……本当にどんなものでも、ですか……？」

あっ、ヤバい。

レイナ、泣きそうになってる。

俺、終わったわ。

◇◇◇◇◇

ゴクリとつばを飲んだオウガ君を見て、私は何をやっているんだろうとふと我に返る。

こんなのオウガ君の優しさに期待して、私の過去と罪を押しつけようとしているだけだ。

なんてひどい女。クズと言われても仕方のない奴《やつ》だ、私は。

そんなひどいバカに目をつけられてしまうなんて、とてもかわいそう。

思考が冷静になればなるほど自虐が次々に思い浮かんでくる。

……でも。もうどうしようもないほどに私は思ってしまっているのだろう。

オウガ君は私の王子様になってくれる人だと。

彼を前にすると、作り上げてきた心の外壁がボロボロと崩れ落ちていく。

だって、仕方がないじゃないですか。

「見せてくれ。俺はどんなものでも受け入れる覚悟ができている」

オウガ君はそう言ってくれたんです。

今日、ずっと私の胸元を見ていたのもきっと気づいているからだ。

私のここにあるおぞましいものを。

彼の異性の好みはとっくに理解してある。

胸が大きくて、優しく、愛嬌《あいきょう》のある子。

私はどれにも当てはまらない。

そんな私の胸を彼が凝視する理由なんてこれしかありえません。

もしかしたら、ヴェレット家は私たちの知らないところで何かを摑《つか》んでいるのかもしれない。

その可能性は十分にある。

それでもオウガ君は受け入れると言ってくれた。

この言葉の意味が、重みが……深く底に沈めていた私の心を拾い上げようとしている。

「本当に後悔しないんですね……？」

「ああ」

「どんなものだったとしても……嫌いになりませんか？」

「当然だ。俺の言葉に二言はない」

彼のまっすぐな瞳に私の心は打ち震えていた。

かつてない興奮に頬が上気し、息が荒くなる。

「……わかりました。絶対に目をそらさないでください」

スゥ……と深呼吸をひとつ挟む。

着けていないから肌が空気に触れるたびに少し冷たさを感じる。

あと一つ。あと一つボタンを外せば、これがオウガ君に見えてしまう。

やっと私の世界が変わる——

「——待て、レイナっ」

「えっ……きゃっ⁉」

突如、オウガ君が腕を伸ばしたと思うと私を突き飛ばして、パチンと指を鳴らす。

刹那、虚空《こくう》から現れる白のバトルコート。

ふわりと舞ったそれは私の体を隠すように被《かぶ》さる。

次の瞬間、扉が開く音と共に明るい声がした。

「あはは～、ボクってば自分の部屋の鍵を忘れちゃったよ～ってあれ？　オウガくん、何してるの？」

「テーブルを動かす際にバランスを崩して、水をこぼしてしまってな」

見やればオウガ君はしゃがみ込み、自身のハンカチで床を拭いていた。

当然、水がこぼれた事実などない。

オウガ君は拭いているふりをしているだけ。

興奮していたせいでリーチェさんが近づいていることに気づかなかった。

「レイナも着替えてくると良《い》い。水がかかってしまっただろう」

「……あっ……そうですね」

「その服をそのまま使っていいから。ラバトリーは右側の扉だ」

「すみません。お言葉に甘えて、ちょっとお借りします」

そそくさと彼の服を抱きかかえて、ラバトリーに入った私はカチャリと鍵を閉めた。

誰も入ってこられないように。

「……怪しまれないようにパジャマは濡《ぬ》らしておかないといけませんね」

蛇口をひねり出てきた水を手で受け止める。

適度に濡《ぬ》れさせるために、わざと跳ねさせるように顔に浴びせた。

したたる水を拭わず、そのままプツリ、プツリとボタンを外していく。

不自然な突起が浮かばないように巻いているコルセットもそっと横に置いた。

鏡に映る生まれた姿の私。

水は頬、首へと流れていき、胸の下部で金属の受け皿によって止まった。

いかなる魔法でも破壊されないように特注された魔道具が体に埋まるようにして取り付けられている。

魔道具が守るガラス瓶に入っている緑の液体——完成した【肉体強化エキス《ドーピング》】。

私を先生の予備の体《わたし》たらしめる装置。

つながれている腹部へと埋め込まれた細い何本もの管が全身へとそれらを巡らせていた。

「……本当に醜い」

こんな女、愛してくれる人なんて誰もいない。

少し舞い上がってしまっていた。

毎日、自分自身でさえ『醜い』と吐き捨てているのに……誰が見ても同じ感想を抱くに決まっているじゃないか。

「私は……本当に神からさえ嫌われている」

本当に神様がいるならば、彼を王子様にしてくれるなら、あのタイミングを逃させるはずがない。

部屋に取りに戻っていただけなら私は秘密を打ち明け、彼に受け入れられていた。

ただ他のみんながされているように、それだけでよかったのに……！

「希望」は「諦め」に絡《から》め取《と》られて、熱を失い、消《き》え失《う》せていく。

私は救われてはいけないんだと世界に告げられた気持ちになった。

そうだ……お父様もお母様も妹も、みんな殺されたのに生き残った私だけ幸せになっちゃダメなんだ……。

顔に浴びせた冷えた水が心地好《ここちよ》い。

……もう感情に振り回されるのはやめにしよう。

今、このときをもってレイナ・ミルフォンティは死んだ。

先生の言われた通りに動く、ただの先生の代わりの人形だ。

これまで通り同じように演じれば良《い》い。

そうすれば辛《つら》い思いをしなくて済むから。

「ごめんなさい。お待たせしました」

「いや、そんなに待って……レイナ。お前……」

「……？　どうかしましたか、オウガ君？」

「……いや、なんでもない」

「フフッ、変なオウガ君。なんだか表情がこわばってますよ」

私は慣れた手つきで、オウガ君の頬を指でつついて笑顔を作り上げる。

「ほら、笑顔がいちばんです」

その言葉は自分の声なのに、呪詛《じゅそ》のように聞こえた。

◆Stage2-3◆ 学院魔術対抗戦

「ヴェレット様が生徒会に⁉ あの噂《うわさ》は本当でしたのね！ このシュルトー・サティア、今すぐファンクラブの皆さんと情報共有しなければいけませんわね！」


「……なんだか外が騒がしいな」

自室に外の空気を取り入れようと開けていた窓から風と共に誰かの叫び声が入ってくる。

風のせいでよく聞き取れなかったが、おそらく俺を疎《うと》んでいる奴《やつ》らのものだろう。

「オウガ様とリーチェ嬢の生徒会所属の一報が一般生徒に知らされている頃かと」

「フッ、常識にとらわれた人間というのは悲しいものだな」

俺とマシロが入ったのが気に食わないのだろう。だが、すぐにうるさい口を噤《つぐ》むはずだ。

数日後、奴《やつ》らは自分たちが避けたレイナのチームメンバーに俺たちが選ばれたことを知る。

生徒会に入会したのは、そのためだという事実に気づくだろう。

今しがた口にした悪口を思い出して恥ずかしさに悶《もだ》えるに違いない。

そのときの情けない顔を想像したら……クックック。愉悦、愉悦。

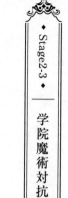

「ですが、今回の対抗戦によってオウガ様への見方はさらに変わると予測されます。風向きは間違いなくオウガ様の背中を押す方向に傾くはずです」

「ああ、俺も結果的に代表戦に選出されたのはよかったと思う」

俺はリッシュバーグ魔法学院に人材を求めて入学した。

だが、中に入ってわかったが思ったよりも生徒たちのレベルが低い。実力というよりも思考レベルの話だ。

あまりにも差別思考が強すぎる。

そのような人物は不和を生むだけだ。俺のハーレムにはいらない。

そんな俺におあつらえ向きな機会がやってきた。それが学院魔術対抗戦。

代表として出場できれば他校の選手とのつながりができる、これが大きい。

他の魔法学院はほとんどの貴族が第一志望とするリッシュバーグ魔法学院よりも差別思考が薄い。マシロのような高い実力を持つ平民の生徒もいる。

そういう生徒たちにとって公爵家である俺は十分に就職先候補になるだろう。

狙うは当然おっぱいの大きくて、優しい子！

やっぱりおっぱいは偉大だからな。

乳上……間違えた。父上にも学院を卒業する頃には多くの人材を連れて帰るかもしれないという内容の文章を手紙に書いていく。

レイナとのパジャマパーティーの翌日。

今日も退屈な授業を終えた俺は自室で父上に近況報告の手紙をしたためていた。

マシロやカレンたちと楽しい学院生活を送っていること。

生徒会に入ったこと。

学院魔術対抗戦の代表に選出されたこと。

時間があればぜひ見に来てほしいこと。

父上は家族が大好きな、家族サービス精神にあふれた人物である。

「他に書くことといえば……」

思い浮かんだのは最近印象もガラリと変わり、急接近を果たした桃色髪の少女。

……しかし、あの日のレイナの様子はおかしかった。

前世の俺は人の顔色をうかがってずっと生きてきた。機嫌を損ねないように、言葉選びを間違えないように。そんな窮屈な人生を送っていた。

だからこそ、レイナの変化にもすぐに気づけた。

特に最後のおっぱいを俺に見せようとした後からは、いつも以上に生気を感じさせず、自らを抑え込むような表情をしていたように思える。

まるで胸の内に何かを溜《た》め込《こ》み、言いたいことも言い出せない。

そのような感じに俺は身に覚えが……ハッ、まさか……!?

俺は恐ろしい可能性に思い当たってしまう。

いや、しかし……。これは試さなければならない。

レイナだけではなく、他の女子たちとの今後の関係にまで響いてくるからだ。

「……アリス、一つ問おう。……俺は匂うか？」

「いえ、そのようなことはまったく」

「遠慮はいらん。嗅いでみてくれないか」

「かしこりました。失礼します」

綺麗《きれい》な顔を近づけて、スンスンと鼻を鳴らすアリス。

……なんだか貴族の変態的な趣味みたいになっているな……。アリスのような美女に自分の匂いを嗅がせるプレイか……ちょっと興奮する。

髪、うなじ、背中へと一通り近づけた彼女はいつもと変わらぬ表情で告げる。

「オウガ様の体は清潔そのものです。お日様のよい匂いがいたしました」

「そうか。ならば、いい」

よかった……！　レイナに渡した服に染《し》み付《つ》いた俺の匂いがくさいのかと思った。

渡された服から悪臭が漂っていたとすれば、レイナだって嫌な顔するよな。

だけど、これも違うということは……はは一ん、わかったぞ。

レイナは日曜日の夕方の社畜と同じ思いを抱いていたんだ。

彼女は友達がおらず、遊ぶのも初めてだと言っていた。

楽しかった休日が終わり、明日からまた仕事の日々がやってくると考えてしまい憂鬱になった結果、思わずあんな表情になってしまったんだ。

パジャマパーティー作戦はこちらの想像以上にレイナに有効かもしれない。

よし！　このままホワイト企業作戦を続けてレイナをこっちに引きずり込むぞ！

「クックック……父上に書くことがまた一つ増えてしまったな」

最後に一人追加で紹介することになると、こちらは確定事項だとの旨《むね》を書き加える。

「オウガく〜ん！　生徒会室行こ〜！」

「いよいよ初出勤だね！　いっぱい仕事を教えてあげるよ。私は生徒会の先輩だしね」

タイミングよく部屋に誘いに来たマシロとカレン。

そう。今日は俺たちが生徒会役員として初めての業務を行う日なのだ。

レイナは生徒会業務はやらなくてもいいと言っていたが、俺がわざわざ従う必要もない。

横から仕事を奪い取り、昼休みは太陽の下まで引っ張り出し、残業に次ぐ残業から俺が解き放ってやる！

◇　◇　◇　◇　◇

「ヴェ、ヴェレット様が対抗戦の代表に⁉ 流石《さすが》ですわ〜！ みなさん！ 急いでラムダーブ島行きの客船を手配しますわよ！ ヴェレット様のご活躍、見逃すわけにはいきませんわ〜‼」

「……聞き覚えのある声が聞こえた気が……」

「オウガ君。どうかなさいましたか？ もうすぐ緞帳《どんちょう》が上がりますよ」

「いや、なんでもない」

「オウガくん。ボク、髪の毛が跳ねたりしちゃってないかな」

「心配ない。今日も綺麗《きれい》に編み込まれている」

「オウガくん。ボク、服装おかしくないかな？」

「アリスがセットしてくれただろう？ それに全員制服だ。ささいな違いには気づかないさ」

「オウガくん——」

「マシロ。代表として堂々と胸を張っていれば良い。そわそわしている方が逆に目立ってしまうぞ」

「ふふっ、そうですよ、リーチェさん。あなたの選出に文句を言う人はいませんし、私たちが言わせません」

「オウガくん……レイナさん……はいっ」

マシロの緊張もほぐれたところで緞帳《どんちょう》が上がり、生徒会役員であるカレンによって学院魔術対抗戦の代表チームが発表されていく。

入学式にも使用した講堂に全学年の生徒が集まり、その全員の視線が壇上にいる俺たちに注がれている。

壇上に立つのはフローネ学院長によって選ばれたメンバー。

魔法に関する研究成果を発表し、最も優れた知識を披露した学院を決める魔法学部門・三チーム計九人。

球技や水陸の運動競技と魔法を組み合わせた種目で点数を争い合う魔法競技部門・六チーム計十八人。

そして、魔法、肉体、戦術……全てを兼ね備えた実戦を繰り広げる魔法戦部門・一チーム計三人。

「魔法戦部門代表、オウガ・ヴェレット」

「はい」

名前を呼ばれた俺は一歩前に出る。

……壇上から見るに生徒たちの反応は俺の予想と違って反感は少なかった。

もっと嫉妬の視線を向けられると思っていたのだ。

リッシュバーグ学院の代表メンバーの決定権はフローネ学院長にある。

あの【雷撃のフローネ】が俺たちを認めたという事実。

また先日のアルニア王太子との決闘で圧勝を収めた。

そして、俺たちに代わってレイナとチームメイトになりたくない。

その三点が彼ら彼女らを一応は納得させたのだろう。

何かしらのヤジを受けるくらいは想定していたが、驚くほど平穏に代表メンバーの発足式は終了した。


発足式が終わればいよいよ学院魔術対抗戦に向けての最終調整が行われる。

発足式から放課後の実技棟は代表メンバーが独占できる決まりになっていた。

意外にも代表に選ばれたメンバーは俺たちに対しても偏見がなく、時間割や場所の振り分けもつつがなく進行する。

実技棟は六つに分かれているので、そのうちの一エリアを俺たちで占有できることになった。

「――というわけで、ど、どうでしょうか？」

「……素晴らしいです。リーチェさんの魔法は十二分に通用しますね」

「本当ですか⁉ ありがとうございます！」

「ええ。これならば特に問題はないでしょう」

早速レイナの前でマシロが魔法を披露したわけだが……彼女にとって昨年出場者のレイナの言葉は勇気づけられるだろう。

緊張で固まっていた体の動きもほぐれてきたように思える。

「では、リーチェさんの実力も把握したところで――」

「チーム練習だな」

「――残っている生徒会業務を終わらせましょうか」

「……そういえば今日は休みじゃなかったな」

「大丈夫ですよ。ちゃんとみなさんの練習時間は確保しますから」

その言葉の意味を理解するのは数日経《すうじつた》ってからだった。

彼女が言った通り、俺たちにはちゃんと練習する時間を与えられた。

そう……レイナを除いて、だ。

生徒会長の役職に就く彼女は毎日仕事に追われている。

どうも彼女は一人で背負う癖があるのか、俺たちに必要以上に業務を回さない傾向がある。

これは生徒会副会長として数日働いてみた感想だ。

これではいけない。確かに俺たちで自由に使えた分、俺も新たな試みに成功したが、彼女をブラックな業態から救い出す方は全く進捗していない。

「じゃあ、オウガくん。言われた通り、魔法撃つからちゃんと受け止めてね～」

「わかった。遠慮なく来い」

「は～いっ！」

この特訓が終わったら、その悪い癖をぶっ壊しに行こうじゃないか。

◇　◇　◇　◇

「あの、オウガ君？」

「ん？　なんだ？」

「別に業務は手伝っていただかなくてもいいんですよ？　無理を言ってのお願いでしたし」

「なんだ、そんなことか。気にしなくて良《い》い。手持ち無沙汰だったところだ。こういう業務に励むのもいいだろう」

「しかし……」

「それに早く終わらせれば、その分レイナとの時間が楽しめるだろう？」

「……わかりました。では、お願いしますね」

「昼食の時間だぞ、レイナ！」

「オウガ君、ドアは静かに開けてくださいね。どうされましたか？」

「仕事の手を止めろ。今は昼休み。文字通り、休む時間だ」

「ああ、大丈夫ですよ。私は食事を抜いても平気な体なので、みなさんで食べてください」

「断る。レイナの分も作ってきたからな。外に行くぞ。ずっとこもりっぱなしは体にもよくない」

「あっ、ちょっと、オウガ君⁉」

「ちょうど売り出す新メニューを考えたんだ。一緒に味わってもらうぞ！　はっはっは！」


「レイナ！　放課後だ！　学院魔術対抗戦に向けてチームワークを磨くぞ！」

「……私もそろそろ理解してきました。行かないと、また連行されるんですよね」

「クックック、よくわかってきたじゃないか。そのために業務も手伝っているからな」

「おかげさまで今日の書類仕事も終わってしまいましたからね」

レイナは処理済みと書かれたケースに入った書類の山をちらと見て、クスリと微笑《ほほえ》む。

生徒会入りして一週間。俺はレイナから仕事をかっさらい、マシロやカレンと協力して業務に励んだ。

その結果、こうして作業時間の大幅な短縮に成功して対抗戦に向けて練習する時間を捻出できている。

というか、あのクソ学院長《ババア》。どれだけレイナをこきつかっていたんだ。

カレンもついこのあいだまで王太子との一件でバタバタしていて、実質レイナのワンマン。

よく彼女が潰れなかったものだと感心するばかり。

だんだん過去の自分と境遇を重ねてかわいそうになってきた。

こう……俺が保護してやらねばという親心のようなものが湧いてきている。

「おかげさまでオウガ君が入ってきてから生徒会はきちんと回ってきています。リーチェさんも地頭がいいからすぐ業務を覚えてくれますからね」

「当たり前だ。俺がそばに置く人間だぞ。優秀に決まっている」

「フフッ、そうでしたね。……これなら私がいなくなっても問題はなさそうで安心しました」

……それはどういう意味だ？

彼女は小声で呟《つぶや》いたつもりかもしれないが、二人きりの静かな空間で俺が聞き落とすわけもなく。

「今日も実技棟ですよね？　みなさんも待たせているみたいですし、行きましょうか」

しかし、真意を尋ねる前にレイナは俺の隣を通り過ぎていってしまう。

なぜだろう。その後ろ姿があまりに儚《はかな》く、本当に消え去ってしまいそうに思えて気がつけば俺は彼女の手を摑《つか》んでしまっていた。

「……オウガ君？」

彼女に名前を呼ばれて、ハッとする。

かつて職場を去っていった同僚たちの背中にあまりに似ていたものだからしまった……！

無意識に手を……！

何か言い訳を……良《い》い言い訳は……グルグルと天才的頭脳を巡らす中で、先ほどのレイナの発言の真意に気づいてしまった。

そうか……そういうことだったのか！　だったら、今の状況にも上手《うま》く当てはめて手を握ってしまった理由が作れるぞ！

「お前はどこにも行かせない。必ず（生徒会長として）ここに戻ってきてもらう」

彼女は学院魔術対抗戦に負けてしまった場合、責任をとって学院を辞めるつもりなんだ。

二年連続で優勝を逃してしまったとなれば流石《さすが》の彼女も今の席に座り続けるわけにはいかない。もちろん他の生徒は責任は俺とマシロにあるとして、彼女を責めたりはしないだろう。

だけど、昨年同じ状況に陥って先輩たちを退学させてしまったレイナはとても悔やんでいた。

それらのパーツを組み合わせれば、レイナは俺たちをかばうつもりだという結論に至るのは容易だった。

そんなのは困る。俺はレイナがいるから生徒会に入ったのであって、彼女のいない生徒会なんて地獄だ。フローネは嬉々《きき》として後釜に俺を据えるに違いない。

レイナの性格を考えれば退学後に俺がヴェレット家で雇用する話をしても、辞退するに決まっている。

そうなってしまっては全ての計画が破綻してしまう。せっかくの学院生活が労働地獄になってしまうなんて未来は全力を出してでも阻止しなければ……！

「そのために俺は全力を尽くそう。どんな手を使ってでも無事にこのメンバーで生徒会として集まる。俺たちの前に立ちはだかる困難も打ち払ってみせる」

対して、レイナの言葉はない。俺も止めることなく、言葉を続ける。

ここだ。ここしかない。俺の覚悟を彼女に知ってもらうには。

一歩踏み込んだ、彼女の環境の核心に触れる部分に。

「それは学院長であるフローネ・ミルフォンティが相手だとしても、だ」

「…………」

……初めてだな、そんな表情を見るのは。

彼女は上手《うま》く取り繕っているつもりだろう。

だけど、俺にはわかるんだよ。

一瞬、揺れた瞳。目は口ほどにものを言う。

見て取れたのは諦めと苦しさとわずかな希望。彼女もまた期待しているのだ。

あのブラック企業の親玉であるフローネから解放してくれることを。

「だから、さっきみたいなことは二度と言うな。約束してくれ」

「……ふふっ、変なオウガ君。大丈夫ですよ、私はちゃんといますから。さぁ、行きましょう」

掴《つか》んでいた手を引き、レイナは再び歩き始める。

ダメだ。これじゃあ彼女の本心を聞き出せず、釈然としないまま今日という一日を消費してしまう。

……間違いなく俺の積み重ねは彼女に響いている。それが先ほど垣間見《かいまみ》えた瞳に宿った希望だろう。

あと少し、少しだけ足りないのだ。彼女の心に、俺の本気が届くまで。

ならば、そのわずかな溝を埋めるために俺も切り札を切ろう。できるならばしたくなかったが……これがレイナに知ってもらう最高の手段だと判断した。

「……レイナ。今日は面白いものを見せてやろう」

「面白いもの……ですか？」

「ああ、レイナは俺の特別だから。隠し事はやめにした」

「…………」

腹をくくろう。虎穴に入らずんば虎児を得ず。

こちらがさらけ出していないのに相手が心を開いてくれるわけがないんだ。

リスクは孕《はら》むが、それでも俺はレイナが欲しい。

「楽しみにしておいてくれ」

――そして、学院魔術対抗戦が開かれる日はやってきた。

◆Stage2-4◆ ラムダーブ王国

雲一つない青空。日差しがさんさんと降り注ぐ快晴の下、俺たちは魔法船《マジック・シップ》に乗っていた。

魔石の魔力を動力とし、風属性魔法を発動させることで移動するこの船は俺たちをとある目的地へ運んでいる最中だ。

すでに乗船してから二日が経《た》っており、今は三日目の朝。予定ではそろそろ着くことになっている。

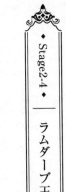

「わぁ～、すごいきれいな海だね、オウガくん！」

「マシロはずっと元気だな。船酔いは大丈夫か？」

「うん！　魔法船《マジック・シップ》ってすごいね！　魔法の力で馬車より安定しているんだもん。それに外の空気もいっぱい吸えるし、問題なさそうだよ」

「そうか。それならよかった」

「もう服を汚しはしないから安心してね。あ～、代表に選ばれてよかった～！」

この船は学院魔術対抗戦が行われる島・ラムダーブ島へ向かっている。

乗船しているのは選ばれた代表生徒とその従者、引率の教師だけの貸し切り状態。大きさや設備からしてずいぶんと豪勢な旅だ。

「レベツェンカさんはすごくさみしがっていましたね。生徒会で一人だけ別ルートですから」

「先にあっちに着く予定で出ているらしいから、港ですぐ合流できるだろう。その後はみんなで観光でも楽しもうか」

学院魔術対抗戦は各学院がそれぞれの地方から集まるため、意外とスケジュールが厳しい。

自由に行動できるのは到着初日だけで、その後は必ず試合の予定が入っている。

その初日でさえ抽選会があり、夜までには抽選会場に行かねばならない。

途中で敗退した場合は暇ができるが、優勝を目指している俺たちはそうはいかない。

「賛成！　みんなで美味《おい》しいご飯食べに行こうよ！」

「リーチェさん、ごめんなさい。私は辞退させてほしくて……」

「えっ⁉　何か生徒会の用事でもありましたっけ⁉」

「ふふっ、違いますよ。実はラムダーブ王国は私の故郷なんです。なので、家族に挨拶に行きたくて」

「そうだったのか。知らなかった」

レイナの存在が急に知られるようになったのは、フローネが弟子をとったと各方面に紹介したからだ。

突如現れた弟子の出自ならもっと話題になっていてもおかしくないはずだが……自分でも初

耳であることに驚いている。

ラムダーブ王国はラムダーブ島を領地とした島国。

学院魔術対抗戦の開催地となってから、観光名所として栄えている独立国家だったか。

「あまり言っていませんからね。本当は私が案内してあげたかったのですが……」

「全然気にしないでください！　そっちの方が大切ですから！　だって、会うのも久しぶりでしょうし……」

「ありがとうございます。夜には戻りますから、またそのときにでもお茶しましょう？」

「ほほう。それならラムダーブ特産の茶葉を用意しておこうか」

「はい。私の紅茶で喜んでもらえるなら」

「じゃあ、お菓子もいっぱい用意しなくちゃ！」

「マシロはそっちの方が楽しみなんじゃないか？」

「ち、違うもん！　ちゃんと生徒会長さんの紅茶も好きだもん！」

「あっはっは、悪い悪い。お詫《わ》びに俺がいっぱい買ってやる」

「やったぁ！　オウガくん大好き～！」

「あらあら。オウガ君は愛されていますね」

そんな風に談笑しながら、俺たちはのんびりと船が到着するのを待つのであった。

◇◇◇◇◇

「着いた～!!　ラムダーブ王国～!!」

魔法船《マジック・シップ》から飛び降りるなり、両手を突き上げて叫ぶマシロ。

島国だけあって港での交流は盛んで、あちこちに船が停まっては出てを繰り返している。

きっとあの中には他の学院の生徒たちが乗っている船もあるのだろう。

「オウガ！」

声がする方へ向けば、麦わら帽子を被《かぶ》ったカレンの姿があった。

フリルのついた可愛《かわい》い白のワンピースに身を包んだ彼女は手を振って、こちらに駆け寄ってくる。

「よかった！　無事に着いたんだね」

そのまま腕に抱きついて、豊満な胸を押しつけてくれる。

腕でパイスラする光景……フッ、最高の婚約者すぎるぜ、カレン。

「むぅ……」

あっ、マシロの頬がちょっと膨れ上がった。

でも、船旅中に独占していた負い目もあるのか、マシロは何も言ってこなかった。

あの殺伐とした空気が生まれなくて一安心である。

「ああ。カレンも無事で何より。俺たちよりも早く着いたんだな」

「レベツェンカ家が所有している船で来たからね。ほら、アレだよ」

そう言って彼女が指さした停泊所には俺たちが乗ってきたのと遜色ない大きさの船があった。

ハハッ、さすがは軍部の娘。持っている船も豪快だな。

「リーチェさんも、生徒会長も長旅お疲れ様でした」

「ありがとうございます！　初めての旅だったので、すごく楽しかったです！」

「レベツェンカさんも応援に来てくださってありがとうございます」

「いえ、婚約者の応援に来るのは当然ですから」

そう言うと、カレンとの密着度がさらに増す。

「あ～！　カレンさん！」

今度は我慢できなかったのか、反対側にマシロも組み付いた。

人生において、こんな高レベルのおっぱいサンドイッチに何度立ち会えるだろうか。

前世で徳を積んだ結果、今があると思うと前の人生も無駄ではなかったのかなと救われる。

それはそれとして今世はやりたい放題するけどな！

「両手に花ですね、オウガ君」

「ああ、周囲の嫉妬が気持ちいいよ。どうだ、レイナ。正面なら空いているが」

「魅力的な提案ですが、遠慮しますね。お二人に怒られてしまいそうですから」

断られはしたが気持ち悪がられてはいない。

感触的には全然ありだろう。少しは進歩しただろうか。

「オウガくん～？」

「目の前で堂々と浮気《うわき》か、オウガ……？」

「違う。場を盛り上げようとしただけだよ」

彼女たちの追及から逃れようとしていると、ナイスなタイミングで背後から凛《りん》とした声が俺の名を呼ぶ。

「オウガ様。担当教師が宿泊施設に移動するので付いてくるようにと号令をかけていました」

「そうか、アリス。ありがとう」

「いえ。それではお荷物、お運びいたします」

そう言ってアリスは俺の着替えが入ったバッグを持ち上げる。

……結構、重いと思うんだけど相変わらずあの細腕のどこにそんな力があるんだろうか。

「じゃあ、置いていかれる前に移動しようか」

「ボク、高級宿も初めてなんだ～！　ベッド……きっとふかふかなんだろうな～」

「私は去年も使いましたけど、すごく寝心地がよかったですよ」

「本当ですか！　うわ～、ワクワクしてきた！　早く行こ！」

あふれる楽しみが抑え切れなくなったマシロはピョンピョンと跳ねながら、先を促す。

「ハハッ、そんなに慌てなくてもベッドは逃げないぞ」

俺たちも元気のあり余っている彼女の後に続いて、宿泊施設へと足を進める。

観光までしたら、マシロは夜になったらすぐにでも寝そうだな。

はしゃぐ彼女の姿に、そんな予感がした。

◇◇◇◇

ラムダーブ王国は周囲を海に囲まれ、緑も豊かな自然と調和した小さな国だ。

観光名所として栄えており、他国の王族も喧噪《けんそう》から逃れたいときは遊びに来るほどリフレッシュするにはちょうど良《い》い場所だ。

ちなみに十数年前からラムダーブ島に学院魔術対抗戦の開催地が変更になったのはフローネの提言だとか。

理由はラムダーブ王国なら学院魔術対抗戦専用の会場や施設が建設でき、生徒たちの実力がより発展できるから、とのこと。

なんでも彼女はかつて魔族に襲われていたラムダーブ王国を救った英雄で、王族とは深いつながりがあるらしい。

「――らしいよ！」

全部、観光ガイドを読んだマシロが教えてくれたことである。

彼女は美味《おい》しいご飯のお店とお菓子を売っている店まで、全てチェック済みだそうだ。

なんとも抜かりない。よっぽど楽しみにしていたのだろう。

そして、少ないお金でどれを買おうか悩んでいるマシロの姿を見ると、全部買ってあげてしまう俺もチョロい。

今は見かけた店で、冷たい飲み物を飲んで一息ついているところだ。

「オウガくん、ごめんね。いっぱい買ってもらっちゃって……」

それはテーブルいっぱいに置かれたケーキについてか。それとも床に置いている大量の紙袋についてか。

まぁ、どっちにしろマシロが喜んでくれるなら良《い》い。

彼女が金目当てに近づいたのではないとわかっているし、これくらいのお願いなら痛くもかゆくもなかった。せいぜい子供にお菓子をせがまれた父のような気分だ。

「気にしなくて良《い》い。喜んでもらえた方が嬉《うれ》しいからな。カレンも遠慮しなくていいんだぞ」

「うん。でも、私は大丈夫。あんまり甘い物食べすぎると……その、ね？　応援席は他の貴族も来るからドレスコーデだから」

カレンの視線がお腹《なか》の方へと下がっていく。

……なるほど。言わんとすることはわかった。

特にカレンは今まで男装をしていたから、あまり周囲の目が気にならなかったのだろう。

しかし、ドレスコーデとなればある程度の露出は必然となってくる。

彼女も思春期の女の子だ。俺は触れずに会話を進めることにした。

「そういえばカレンのドレスを見るのは久しぶりだな。すごく楽しみにしているぞ」

「う、うん！　オウガも気に入ってくれると思う。すごく綺麗《きれい》なのにしたから……」

「綺麗《きれい》なのはカレンもだろ？」

「〜っ！」

そう言うとカレンは髪に負けないくらい顔を真っ赤にして黙ってしまった。

「オウガくんって時たま王子様モードに入るよね〜」

「思ったことを素直に口にしているだけなんだがな」

「じゃあ、今のボクはどう？」

「ケーキを頬張って、頬を膨らませた小動物みたいで可愛《かわい》い」

「えへへ〜、ありがと。オウガくんもかっこいいよ」

「ほう？　どんなところが？」

「んとねー……全部！」

少し考えるそぶりをしてマシロはそう言った。

そうか、全部か。ついに全てが魅力的な人間になってしまったというわけか。

「わ、私も！　優しくて、強くて、格好よくて……好き。ア、アリスさんもそう思いますよね⁉」

「まさにリーチェ嬢とレベツェンカ様のおっしゃる通りかと。私にとってオウガ様は世界を照らす光でございます」

……そこまで褒められると、なんだかこちらもむずがゆいといいますか……。

装飾されていない本音に思わず照れくさくなって、躱《かわ》す言葉が紡《つむ》げなかった。

「………………」

「あっ、オウガくん照れてる～」

「本当だ。こんな表情するのは珍しい」

「写真に収めました」

なんでだよ！　行動がはぇぇよ、アリス！

アリスが撮った写真をマシロとカレンが見て、きゃっきゃっと楽しそうにはしゃいでいる。

あの写真は二人の手元に行くんだろうな。

恥ずかしいのでやめてほしいが……こういうのを受け入れるのも男の度量だろう。

火照《ほて》った心を落ち着かせるためにアイスティーで喉を潤す。

最近はレイナの影響か、めっきり紅茶派になってしまった。

味の違いもずいぶんとわかるようになったと思う。だからこそ、今もレイナの淹《い》れてくれたものの方が美味《おい》しいなという感想しか出てこなかった。

ラムダーブ産は独特な匂いがあって、きつい。

「……そういえば、オウガくんに一つ聞いてみたかったんだけど」

「ん？　なんだ？」

「生徒会長さんのことが好きなの？」

んぐふっ⁉

あ、危なかった。アイスティーを口に含んでいたら吹き出すところだった。

どうしてそういう結論になる。

これまでの自分の行動を思い返す。別に変なことはしていないだろう。

ただレイナと二人きりでお茶会をして、彼女がいるから生徒会に入り、彼女との時間を増やすために業務に励んで、毎日のように生徒会室まで昼食に誘いに行った。

ただそれだけだというのに……。

…………。

……あれ？　まるで気になった女の子にアピールする小学生男子みたいだぞ……？

突然こちらを刺すような発言をしたマシロを見ると、目が笑っていない。

マ、マシロさん？　いつものプリティーなスマイルはどこに行っちゃったのかな？

　これは大いに誤解を与えているようだ。冷静に解かないと、好感度がまずいことになる。

「……逆に聞こう。どうしてそうなる？」

「だって、最近生徒会長さんのこと構いっぱなしだし……あのこと、だって教えたでしょ？」

「それは彼女が信頼できる人物だと判断したからだ。それに少し……レイナの雰囲気は危うかった。放っておけば、このまま消えてしまうかのような……」

「あっ、それは私もわかる気がする」

　こちらの援護に回ってくれるカレン。後光が差して、神のように思える。

「私はみんなより前からあの人と接していたからわかるんだけど、オウガと絡《から》むようになって生徒会長、ちょっとだけ雰囲気が柔らかくなっていたんだ。だけど、最近はまた昔みたいに戻っていて……」

　カレンは他者の評価をすごく気にしながら生きてきた。それこそ前世の俺と同じように。

　だからこそ、レイナの変化にも薄々感じるものがあったのだろう。

　俺の言葉を聞いて確信に至ったわけだ。

　レイナはいま狭間《はざま》で揺れている。ミルフォンティ学院長からの退職と奴《やつ》に根深く植え付けられてしまった使命との間をユラユラと。

「……それがオウガくんにとって心配だったってこと？」

「そうなる。マシロの予想は外れだよ」

「ということは、いつものオウガくんか。アハハッ、心配して損しちゃった。ごめんね、変なこと聞いちゃって」

マシロの瞳に光彩が帰ってくる。

よ、よかった……！　おかえり、ハイライト！　二度と家出するんじゃねぇぞ！

「誤解が解けて何よりだ。さぁ、そろそろ店を出よう。俺たちも戻る時間だ」

「「はーい」」

二人も納得したのか良《い》い返事を返してくれる。

よかった……。

「……カレンさん。これすごくまずくないですか？」

「……私はもう婚約者になった時から覚悟してるよ」

「それは……確かに。オウガくんですもんねー」

「そうそう。オウガだから」

「「ねー」」

「……あの二人が何を話しているのか教えてくれ、アリス」

「……申し訳ございません。決してオウガ様にとって悪い話ではございませんので」

えー。アリスはたまに女性陣営の味方になるよなー。

会計時、金額よりも後ろでこそこそと内緒話をしている二人の方が気になって仕方がなかった。

◇　◇　◇　◇　◇

「わぁ……！　本当にこれが食べ放題なの……!?」

「リッシュバーグの生徒は貴族ばかりだからな。食事の基準も高く設定されているんだよ」

「そうなんだ。えへへ、入ってよかった、魔法学院！」

「……さっきまであんなにケーキを食べていたんだ。これから何日もあるんだし、無理に食べないようにな」

「甘いものは別腹だよ！　いっぱい食べるぞ～！」

「満腹になったら眠くなってしまうぞ」

「んふふ～、大丈夫！　今日のボクは元気百倍だから！」

数十分後。

「んん……もう何も食べられないよ～……」

「案の定だ」

観光が終わり、カレンと別れた後夕食のバイキングに目を輝かせたマシロはそれはもう食べに食べまくった。

カレンが見れば、自由に食事ができるマシロの姿をうらやましく思うくらいには。

聞けば、どうも彼女はお腹《なか》が太らない体質らしい。多分、栄養が全てその豊満な胸に吸収されているんだと思う。

ありがとう、神様。おっぱい栄養回路をマシロに授けてくれて。俺は神に感謝した。

お腹《なか》いっぱいに膨れ上がった彼女は抽選会の時間までと、俺とカードゲームで遊んでいたのだが……途中でうつらうつらと船を漕《こ》ぎはじめ、眠りの世界に誘われたわけだ。

今は俺の部屋のベッドに運んで、気持ちよさげに夢を見ている。

「フッ……愛らしい寝顔だ」

顔にかかった髪を元に戻して、そっと頭を撫《な》でる。

さらりとした手触りで、よく手入れされているのがわかった。

「アリス。俺は抽選会に向かわなければならない。一人でも問題ないからマシロに付き添ってやってくれるか」

「かしこまりました。気をつけて行ってらっしゃいませ」

「留守は頼んだぞ」

頭を下げるアリスに見送られて、俺は部屋を出る。

各魔法学院の宿泊施設は上から見れば雪の結晶状に配置されており、その中心部が抽選会場だ。一階のエントランスから直接つながっており、誰かに襲われたり、迷子になる心配はない。

抽選会場には出場するチームの代表が一人いれば良《い》いので、マシロは部屋で寝ていても問題ない。

俺もあのまま彼女の寝顔観賞を楽しんでいてもよかったが、他校の生徒の実力がどんなものか直接感じたかった。

出場選手リストは各学院に行き渡っており、データはもちろんあるがあくまで昨年のもの。急成長を遂げている奴《やつ》だっている。

アルニアとの決闘と同じく【魔術葬送《デリート》】は使わない方針だが、さてどこまで苦戦せずにやれるかな。

「あら、オウガ君。来ていたんですね」

入り口に着くと偶然、中に入ろうとしていたレイナと目が合った。

「ああ、どんな奴《やつ》らがいるのか見ておきたかったからな」

「熱心で私は嬉《うれ》しいです」

だったら、もっと嬉《うれ》しそうな表情をしてほしい……とは言ってはいけないんだろうな、きっと。

「家族との時間は楽しめたか？」

「……ええ、おかげさまで。そういえばリーチェさんとメイドさんの姿が見当たりませんが……」

「マシロはお腹《なか》いっぱいで寝ている。アリスはそのお守りだ」

「ふふっ、なんともリーチェさんらしいですね」

「そんなところも可愛《かわい》いんだが……立ち話もあれだ。席に座ろう」

「そうですね。もうすぐ始まるみたいですから」

抽選会場は俺の想像していた以上に広かった。リッシュバーグの大講堂にも負けず劣らず。

奥の壇上には、それぞれの部門のトーナメント表が貼られており、すでに魔法戦部門以外は抽選が終わっているみたいだ。

見渡せば他の学院の生徒はすでに着いているらしく、空いている席は俺たちのところだけだった。

メンバーが三人来ていないのも俺たちだけなのもあるが……まぁ、なんというか、ずいぶんと視線を集めている。流石《さすが》はレイナ・ミルフォンティ。

中には嫉妬に似た感情をわかりやすくぶつけてくる奴《やつ》もいた。

レイナは実力も然《さ》ることながら、見た目も人を惹《ひ》きつける魅力的なものを持っている。

そんな彼女の隣に噂《うわさ》の【落ちこぼれ】が座っているのだから、仕方がないか。

「……あまり気にしないでくださいね」

「慣れている。むしろ勲章だ」

嫉妬する。それはすなわち俺がレイナの隣にいてお似合いという評価を貰《もら》ったということだから。

「どうやら始まるみたいだな」

壇上にスーツを着た男性が魔導音響具《マイク》を持って上がった。

彼は小さく礼をすると、挨拶をする。

「みなさま、お集まりいただきありがとうございます。学院魔術対抗戦の運営委員会です。それではこれより魔法戦部門の抽選会を始めたいと思います。すでにご存じではあると思いますが、改めて抽選方法の説明をいたします――」

彼が語った内容を簡潔にまとめるとこうなる。

出場チームは各校一チームの計九チーム。一校だけ抽選でシードが与えられる。

昨年の成績がよかった学院から順に演台に置かれた魔法の札――魔力を込めると文字が浮かぶ仕組みになっている――で作られたくじを引く。

一日二試合。全ての順位を決めるので合計六日間の勝負で、魔法戦は対抗戦開催各日の最終種目となる。

魔法戦が最後に持ってこられるのは単純に人気が高い部門だから。

一級品の魔法と魔法がぶつかり合う瞬間を生で目にする機会はそうそうない。

故に花形とされ、有力な代表選手にはファンもついており、その声援も凄《すさ》まじいものになるという。

「どちらが引きに行きますか？」

「俺はあんまり運がよくないんだ」

「でしたら、私が行きましょうか」

そう話しているうちに昨年の優勝校であるミソソナ魔法学院の名前が呼ばれ、代表者が壇上に上る。

「ミソソナ魔法学院。代表のシェルバ・アンセムです。よろしくお願いします」

……ん？　あいつ、今こっちに視線を送ったような……気のせいか？

……いや、違う。あの男の視線……ちょうど似た種類のものをつい先月に受けたばかりだ。

シェルバと名乗った眼鏡の男が迷いもせず右端の札を取ると、「1‐A」の文字が浮かび上がる。

これでミソソナ魔法学院は第一試合であることが確定した。

「リッシュバーグ魔法学院の代表者は壇上へ」

「それでは行ってきますね」

レイナは席を立ち上がると、綺麗《きれい》な所作で札の前へ。

これまた彼女も迷うそぶりを見せずに真ん中の札を取った。

そこに書かれていたのは――

「リ、リッシュバーグ魔法学院……1‐Bです」

会場にざわめきが生まれる。

致し方ない。昨年の優勝校と準優勝校が一回戦からぶつかり合うのだ。

運営側はいきなりのビッグマッチに興奮を隠せず、他校の代表生徒は強敵同士が潰し合う展開に目を光らせている。

「どうやら私も運が悪かったみたいです」

席に戻ってくるなり、レイナは告げる。

「優勝するならどうせ勝たなければならないんだ。遅いか早いかだけの問題さ」

「たくましい仲間で一安心しました」

「それはこっちの台詞《せりふ》だ」

レイナも言葉とは裏腹に全く緊張した素振りなど見せない。彼女も順番などに微塵《みじん》も興味がないのだ。

どこに入ろうが勝ち続ければよいだけ。そういう脳筋思考をしている。

波乱の開幕にどよめきは収まらないまま、抽選会は進んでいき全学院が出そろった。

この情報は運営を通じてラムダーブ王国内に伝えられ、明日の朝は大盛り上がりを見せるだろう。

「さて、俺たちも帰ろうか」

「そうですね。早速ですが明日の打ち合わせでも……」

レイナの言葉が止まったのは俺たちの行く先に三人の男女が立ちはだかったから。

そのうちの一人は、先ほどこちらを見ていたシェルバだ。

「やぁ、ミルフォンティ。舐《な》めた真似《まね》をしてくれるね」

知性的な見た目をしていながら、ずいぶんと武闘派な挨拶だ。

いきなり場外乱闘とは……もしかして他校もアルニアみたいな奴《やつ》ばかりなのか……？

もしそうなら嫌気がさす。俺の外部ハーレム計画が頓挫するからな。

「舐《な》めた真似《まね》というのは……どういう意味でしょう？　少なくとも私は勝つつもりのチームを組みましたよ？」

「おいおい！　入学して間もない一年を入れて、そんな言い分が通用すると思うなよ。お前みたいなイレギュラーがそう何人も現れるわけないだろう」

「そう言われましても……うーん。彼はあなたたちよりも遥《はる》かに強いと思います。ね、オウガ君」

……ここで俺に振るのかよ。

レイナは俺の肩を摑《つか》むと、盾にするように前へ押し出した。

シェルバはジロジロと俺の姿を見ると、小馬鹿にするようなため息をつく。

「……レイナ・ミルフォンティも落ちたものだ。やっぱり君はフローネ先生にふさわしくない出来損ないだよ」

「――おい。今の言葉を訂正しろ」

どこまでもレイナを見下す態度に、俺も強い言葉で返す。

俺を馬鹿にするのは大いに結構。

だが、こんな観衆のいる前で大切な仲間を罵倒されて、黙ったままなんて恥ずかしくて実家に帰れなくなってしまう。

それこそ「ヴェレット公爵家の恥」になるだろう。

やるならばやりかえされる覚悟を持っていないとダメだ。

「はぁ？　なんで？　彼女はそもそも僕たちに負けている。それが事実だ」

「それを言うならたった一人にギリギリまで追い詰められての辛勝だろう？　よくそれで威張れるものだ」

「チームメイトのせいだとでも？　だったら、なおさらだよ。今年の方がもっとひどい！　一年の代表なんて長い歴史でもほとんどいない。例外とも言えるのが彼女だが……それでも優勝はできなかった。【雷撃のフローネ】の弟子という恵まれた立場でありながら、だ！」

見慣れたケタケタと人を馬鹿にする笑みと見下す視線。

人を馬鹿にする人間ほど醜いものはないな、とあきれる。

「英雄の教えを受けても優勝できない！　まともにチームメイトの選別もできない！　これで他になんと言うんだ？」

「フッ、あまり強い言葉を吐きすぎるとお前たちに返ってくるぞ。数日もすれば、罵った俺たちを壇上の下から眺める立場になるんだからな」

「ハァ？　僕の話を聞いていたか？　だから、一年は」

「知ったことか。過去にオウガ・ヴェレットはいない。ならば、そのデータは意味がない」

「アッハッハ！　確かにお前にデータは関係ないだろうね……。だって、あの【落ちこぼれ】なんだから！」

俺の正体に気づいていたシェルバはひときわ大きい笑い声を上げる。

奴《やつ》だけじゃない。俺を馬鹿にした笑いは後ろの二人にも伝播《でんぱ》していく。

「確信したよ。レイナ・ミルフォンティは今年も捨て駒を用意して、自分だけ助かるつもりなんだ。僕たちには勝てないと悟ったから、こんなメンバーを選んだんだね」

「そうか。だったら、お前の目は節穴というわけだ」

「……あまり調子に乗るなよ、【落ちこぼれ】。僕に対して、どんな口を利《き》いているんだ？」

「実力の差もわからない格下にはこれで十分だと思ったんだが……違ったか？」

その瞬間、俺の首元に腕が伸ばされ、胸ぐらを掴《つか》まれる。

レンズ越しに怒りの形相が見えた。

「その面、二度と外を出歩けないようにしてやるよ」

「わざと避けてやらなかったことに気づかない程度じゃあ、一生無理だな」

「……ちっ。口だけは公爵家レベルだな」

数秒にらみ合った後、シェルバは捨て台詞《すぜりふ》を残して、この場を去る。

あの男、ずいぶんとレイナにご執心みたいだ。

「すみません、オウガ君。ここまでひどいことになるとは……」

「気にしていない。それよりもどういう関係だ？　ただの他校の生徒同士という関係には思えなかったが」

「彼は昨年、先生に弟子入りを断られているんです。そのいらだちを負けてもなお弟子でい続ける私にぶつけたんだと思います」

「そういうことか。なら、安心した」

「安心、ですか？」

「ああ。格下と思い込んでいる俺が倒せば、伸びた天狗《てんぐ》の鼻も折れるだろ？」

「……オウガ君は意外と血気盛んですよね」

「大切な人を馬鹿にされたら怒るのは当然じゃないか？」

「ああ、リーチェさんを」

「いや、マシロもそうだがレイナ。お前もだぞ」

俺の言葉を受けて、レイナはぱちくりとさせる。

どうしてそんなに驚くのか。もう一緒に過ごすようになって結構経《た》ったと思うんだが、まだ俺のアピールは足りていなかったのか？

……だが、いい。ますます気に入った。

簡単になびかない。それは義理立てが深いという証左にもなる。

俺の下で働くことになった暁には、そう簡単に裏切らないというわけだ。

「……オウガ君は誰にでもそんなことを言うんですか？」

「そんなわけないだろう。俺にとって特別な相手にだけだ」

「……ちょっとだけリーチェさんたちの気持ちが理解できた気がします」

「ん？　どういう意味だ？」

「なんでもありません。明日の朝、オウガ君の部屋にお邪魔して良《い》いですか？　作戦の確認をしたいのですが」

「マシロを起こすのも忍びないからな。わかった。なら、朝食後にそのまま俺の部屋に……の流れで頼む」

「わかりました。それでは」

明日の予定を確認し終えて、レイナは自室のある方へと向かう。……が、その途中でこちらに振り返った。

「……おやすみなさい」

慣れない様子で小さく手を振ってくれて、気を抜いたら聞き逃してしまいそうな小さな声でそう言ってくれる。

「ああ、おやすみ。また明日」

「……はい、また明日」

今度こそレイナは背を向けて、歩き出す。

ただ、その足取りはいつもよりも早く思えた。

……眠たかったのか？

眠気を我慢してまで挨拶をするとは律儀《りちぎ》な奴《やつ》だ。

さて、俺も一日歩き回って疲れた。

慣れない環境で自分ではわからない疲れもあるだろう。明日を万全の状態で迎えるためにも早く寝るとしようか。

――ドアを開けると、ベッドの上でマシロが土下座していた。

◇◇◇◇

「ごめんなさい!!」

グルリと太陽が回って、翌日。昨晩も見た綺麗《きれい》なマシロの土下座がレイナへとされた。

朝食の量もいつもより少なかったから、かなり反省している様子。

「ふふっ、大丈夫ですよ、リーチェさん。別に三人来ないとダメ、なんてルールはないんですから」

「うぅ、レイナさん優しい～！　ありがとうございます～！」

「よしよし」

抱きつくマシロの頭を撫《な》でるレイナ。

まるで赤ちゃんをあやす母だ。一部の母性は正反対だけど。

「……オウガ君？　何か失礼なことを考えませんでしたか？」

「……気のせいだろう」

なんで女の子っておっぱいにはこんなに鋭いの？　ちょっと怖くなってきた。

「マシロは昨晩は来なくて正解だったと思うぞ。変な輩《やから》に絡《から》まれたからな」

「変な輩《やから》？　ボクの時みたいな？」

「そうだな。そして、ボルボンドみたいな奴《やつ》が今日の対戦相手だ」

「えーっ⁉　大変だ！」

「大丈夫ですよ。今回はリーチェさんにオウガ君もいますから。何の心配もしていません」

「えへへ～、そうですか～」

すっかりマシロはレイナにほだされていた。

とはいえ、彼女が言ったことは事実。

「じゃあ、今から負ける可能性をゼロにするための作戦を練ろうか。アリス」

「は、こちらに用意しております」

彼女が渡してくれた資料は昨年のシェルバたちの魔法構成や作戦の傾向が記されている。

レイナとマシロにも渡し、一通り目を通し終えたところで口を開いた。

「改めて勝敗の条件をおさらいするぞ。チーム全員の気絶、もしくは降参。または審判員三名全員が試合続行は不可能と判断を下した場合、敗北となる。合っているな？」

俺の問いかけに二人は頷《うなず》く。

「よし。なら、本題にいこう。レイナ。この資料はお前の記憶と相違あるか？」

「いえ、書かれている通り、彼らは雷属性魔法による先取速攻とシェルバ君の大火力の炎属性魔法の破壊力で押し切る攻撃型のチームです。メンバーも替わっていませんから同じだと思います」

ミソソナ魔法学院のメンバーにマシロと同じ複数魔法適性保持者《デュアル・マジックキャスター》はいない。

ならば、戦略も大きく変えることはできないはずだ。

「彼らはまず間違いなく【雷光《サンダー》】によって先手を奪ってくると思います」

【雷光《サンダー》】は速度に特化した雷属性魔法。

まともに食らえば全身に電流が駆け巡り、麻痺《まひ》して隙が生まれる。

強者の【雷光《サンダー》】は人を失神させるくらいわけないと聞く。

「序盤は雷属性魔法を主軸にした手数で攻め、対応に苦労しているとシェルバ君の威力の高い魔法でドン……！　というのが彼らの必勝パターンですね」

「はいはい、質問。そもそもなんですけど、そんな魔法を使っても大丈夫なんですか？」

「安全装置があるので威力が抑制されるんです。なので、リーチェさんもどんどん魔法を使っていってくださいね」

「はい、任せてください！」

魔法戦に限り、選手は魔法の威力を抑える魔道具の着用が義務づけられている。

死者を出さないための措置で、実戦形式だがあくまで競技の範囲内というわけだ。

そういう意味ではマシロは相手の魔法を臆さないだろう。

彼女はアリバンとの戦いで多少の経験があるからな。

「それで昨年はどうして負けてしまったんだ？　手の内がわかっているなら対策ができそうなものだが」

映像を見た限りでは他の二人が落とされて、その勢いのままズルズルと向こうのペースに持ち込まれてしまっていた。

しかし、シェルバたちはずっと同じ戦法で勝ち上がっていた。レイナほどの人物が何も対策をしていなかったわけない。

なぜなら彼女もミソソナ魔法学院のメンバーと、ひいては【雷撃のフローネ】と同じ雷属性魔法の使い手だからだ。

「恥ずかしながら……単純に速度で負けたんです」

「あれはレイナの負けじゃないだろう。敵の【雷光《サンダー》】をチームメイトは防げなかった。それだけだ」

「だとしても、彼らの【雷光《サンダー》】より私の【雷光《サンダー》】が速ければ防げました。おそらく速度に特化して鍛錬を積んだのでしょう」

レイナが強く責任を感じていたのはここが原因か。

自分が速度勝負に負けなかったらと、ずっと悔やんでいるのだ。

「この一年。私も【雷光《サンダー》】の改良に取り組みました。ですが、それは相手も同じ。正直、絶対勝てると言い切れないのが本音です」

彼女を信じるならば「任せる」と言うのが正解なのだろう。

だが、それは綺麗事《きれいごと》で上辺を取り繕った思考放棄。ギャンブルだ。

もし、またレイナが打ち負けてしまったら彼女はさらに深い傷を負う。それも己の進退に関わってくるようなトラウマに。

だったら、別の誰かが背負ってやればいい。

ちょうど今回は俺という異常者《イレギュラー》がいる。

ミソソナの奴《やつ》らにとって最大の誤算は二つ。

こっちには対魔法使いのプロフェッショナルのアリスがいること。

そして、アリスに手ほどきを受けている俺がいることだ。

「なら、先手は敵に譲って、カウンターの作戦をとろう」

「……いいのですか？」

「ああ、俺なら間違いなく二人を無傷に導ける。……この大役を任せてくれないか？」

「ボクは賛成。オウガくんが言うなら失敗しないよ。だって」

「俺の言葉に二言はない」

「だもんね」

「フッ、よくわかっているじゃないか」

ポンポンとマシロの頭を撫《な》でて、俺はレイナと目を合わせる。

「レイナ。お前の想《おも》いを俺にも背負わせてくれないか？」

「……わかりました。私もオウガ君を信じます」

「よし、そうと決まれば後はカウンター後の組み合わせだな」

「万が一、相手が違う戦法をとってきた場合も考慮して、数パターン作っておこっか」

「まずオウガ君が失敗した場合は……考えなくていいですよね？」

「……レイナもよく俺をわかってきたじゃないか」

「はい。オウガ君には手取り足取りいろんなことを教え込まれてしまいましたから」

「レイナ、その言い方はやめろ」

「……オウガくんってもしかして……エッチ？」

「マシロも誤解だから落ち着け」

「……ボクは別にいいけど」

……えっ、いいの？　……っと、いけない、いけない。

ここで食いついたら童貞丸出しじゃないか。

頭を振って煩悩《ぼんのう》を追い払う。

「よし！　試合前までにしっかりと詰めるぞ！」

「お～!!」

「おーっ」

◇　◇　◇　◇

各学院長のありがたくも長い話を経て、ついに開催された学院魔術対抗戦。

魔法学部門、魔法競技部門が行われている裏で俺たちも最終調整を行った。

意外なことに出場が終わった選手たちの中には、俺たちを激励しに来た生徒たちもいた。

代表選出についても文句がほとんどなかった件もそうだが、罪悪感があるということか。

マシロにさえ声をかけていたのだから、やはり人間を動かすのは後ろめたさなんだろう。

だが、おかげでマシロのやる気も増していた。

そして、いよいよ俺たちの未来がかかった戦いが幕を開ける。

『最強の称号を得るのは、どの学院か⁉　各学院の代表として選ばれたエリートたちがぶつかり合う魔法戦部門、いよいよ始まります‼』

「「「うぉぉぉぉぉぉぉぉっ‼」」」

『これは運命のいたずらか！　一回戦から大盛り上がりのカードになりました‼　なんと大本命のぶつかり合い！』

司会のあおり文句に大歓声が湧き上がる会場。

熱戦を期待しているところ悪いが、これから行われるのは一方的な蹂躙《じゅうりん》だ。

せっかくの好カードを楽しみにしている彼ら彼女らには少々申し訳ない。

『昨年の優勝メンバーがパワーアップして帰ってきた！　昨年の大番狂わせの実力を魅せてくれ！　ミソソナ魔法学院代表、シェルバ・アンセム！　ボーデン・ホリィ！　マルカ・マイティ！』

名前を呼ばれたシェルバたちが反対側から会場へと姿を現す。

応援するオーディエンスに手を振る緩んだ表情を見て、俺は確信した。

――俺たちの勝利は揺るぎない結果になったと。

『対するリッシュバーグ魔法学院、レイナ・ミルフォンティがチームメイトに選んだのはな、なんと新入生コンビ！　果たしてどんな力を見せてくれるのか⁉　代表、レイナ・ミルフォンティ！　オウガ・ヴェレット！　マシロ・リーチェ～‼』

「さぁ、行こうか、二人とも」

「うん！　絶対に優勝するもん！」

「ふふっ、気合い十分ですね」

俺を先頭にして、戦場となる舞台へ足を踏み入れる。

これが俺とマシロにとっては輝かしい初めての表舞台となる。

きっとこの試合を見た者は幸福だろう。

これから歴史に名を刻む人間の第一歩を直接見られるのだから。

「オウガ～‼」

聞き間違えるわけがない。カレンの声がした方を見やれば、赤いドレスに身を包んだ彼女が最前列で手を振っていた。

身を乗り出すようにしているため、柵の棒に胸が乗って大変なことになっている。

カレンはドレスを着る機会もなかったせいか、やけに谷間部分が空いており、俺を悩殺するには十分すぎる破壊力を持っていた。

……ありがとう、カレン。これで俺は頑張れるよ。

そういう意味を込めて拳をカレンへ突き上げると、彼女もまた破顔した。

そして、もう一つ。気になることがあった。

視線を隣に移すと、面白い集団がいる。

俺の名前とデフォルメされた似顔絵が描かれた旗を持って振り回すお嬢様たちと、その横で指導しているアリスだ。

「「「圧勝！　圧倒！　世界の光のオウガ様！」」」

「声が小さいです！　もっと世界にオウガ様の名前を轟《とどろ》かせるように！」

「「「圧勝!!　圧倒!!　世界の光のオウガ様!!」」」

あぁぁぁぁ!!　またやってる、アリスゥゥゥゥ!!

恥ずかしいからやめてほしいのに！　ほら、すっごい注目集めちゃってるから!!

しかも今度は一人じゃない。他人まで巻き込んで……！

アリスに付き合ってくれているのは……サティア、だったか？　俺に決闘を申し込もうとしていた彼女がどうしてこんなところにいるんだ？

嫌いならここまで熱心に応援はしないだろうし……。

アリスの無茶に付き合わせている申し訳なさもあるし……一応、手を振っておくか。

「あぁっ!?　ヴェレット様が私に手を振り返して……!?　こ、これは夢……？」

「サティア様!?　気をしっかり!!　試合は今からですよ!!」

なぜかサティアは倒れ、別の子に支えられていた。

なんだ、あいつ……？　やはり面白い奴《やつ》だ、気に入った。あとでアリスに聞いておこう。

ともあれ一旦忘れて、意識を試合に集中させる。

「自信に満ちた顔じゃないか、ヴェレット」

ニヤリと悪役染《あくやくじ》みた笑みを浮かべるシェルバ。

自然とその表情ができることだけはうらやましいかもしれないな。

「もちろん。負ける可能性が万に一つもない試合だ。こんな顔にもなるさ」

「いいねぇ、僕は好きだぜ。そういう馬鹿。もっともいちばんの大馬鹿はお前を代表に選んだそこにいる人だと思うけどね」

シェルバは俺からレイナへとターゲットを変える。

「なぁ、【神に愛された】ミルフォンティさん。あんたに勝ったらフローネ・ミルフォンティ先生に言ってくれよ。僕を弟子にとるように。優秀な弟子の方がいいだろう？」

「ええ、構いませんよ。先生も優秀な人材は大好きですから。二度も私を倒したならば、きっとお眼鏡にかなうでしょう」

「……ちっ。相変わらず嫌みの通じねぇ女だ」

悪態をつくシェルバにも全く動じず作り上げた笑みで返すレイナ。

このあたりは流石《さすが》だな。

「……なんかすっごく険悪な雰囲気だね、オウガくん。この大会って、こんなにギスギスするものなのかな」

「いや、今回だけだろう。マシロもあまり気にせずいればいい」

「わかった！　全力出すよ～」

可愛《かわい》い。彼女の笑顔があれば、殺伐とした雰囲気も浄化されるってもんだ。

『それでは各選手、所定の位置についてください！』

アナウンスに従い、定められた位置に並ぶ。

俺を前に。マシロとレイナが隠れるようにし、三角形型に陣を決める。

対して相手は横一列に並んでいた。

『勝利の女神が微笑《ほほえ》むのはどちらなのか！　学院魔術対抗戦・魔法戦部門、一回戦第一試合開始です！』

「【雷光《サンダー》】！」

試合開始と同時に放たれたのは、敵の雷属性魔法【雷光《サンダー》】。

速度に特化した魔法だが、直撃すればしびれによる硬直が起きる。

魔法使い同士の戦いにおいて有効な魔法の一種だ。

反則すれすれの不意打ち。だが、それだけ練られた技量ということ。

なるほど。口だけでないのはわかった。

だが、それでも俺たちには届かない。

「なっ⁉」

「躱《かわ》しただと⁉」

ずっと魔力の動きを見ていた俺は始動の瞬間を捉えていた。

発動のタイミングと軌道の方向がわかれば避けるのはたいしたことじゃない。

拳銃と一緒だ。銃口と引き金を引くタイミングを見極めれば避けられる。

事前の作戦で俺が初撃を読み切り、マシロとレイナも俺の後に付いてくる形で魔法を不発にさせるパターンはくみ上げていた。

同様にして【雷光《サンダー》】を避けた二人が今度は攻撃に転じる。

「やってやれ、レイナ！」

「【雷光《サンダー》】！」

「はやっっっ⁉」

レイナが放った雷の一閃《いっせん》は敵の【雷光《サンダー》】に負けない速度で三人に直撃する。

彼女の努力は決して裏切らず、奴《やつ》らにまで届かせてみせた。

「【爆風噴出《ウインド・アッパー》】！」

「ぐっ⁉」

「うぉぉぉっっ⁉」

「きゃぁぁぁぁっ⁉」

その隙を逃さず、マシロが足下から上空へと吹き飛ばす風属性魔法を発動。

物の見事に奴《やつ》らは分断され、これで連携は難しくなった。

こうなってしまえば、もうこちらのペースだ。

一対一の構図なら負ける相手じゃない。

「パターン一だ！　大将は貰《もら》うぞ、レイナ！」

「お構いなく。それではリーチェさん。手はず通りに」

「体勢が崩れないようにしてくださいね！　【爆風散華《ウインド・バック》】！」

マシロの魔法によって背中から風の魔法を受けて、前方へと吹き飛ぶレイナ。

だが、先ほどとは違って一直線。風の援護を受けた彼女は驚異的な速度で飛び散った生徒の一人に肉薄する。

相手が立て直す前に全て叩《たた》くつもりだ。

【雷光《サンダー》】の早撃ち以外の実力はレイナが圧倒的に上なのは昨年で証明済み。

強者だからこそ生まれた選択をしてみせた。

「おい！　レイナ・ミルフォンティ！　僕はこっちだぞ‼」

「残念だったな、シェルバ。お前の相手は俺だ」

「ちっ！　舐《な》めやがって！　【火炎の弾丸《フレイム・シュート》】！」

「防御よりも攻撃をとったか。いい選択だ」

【爆風散華《ウインド・バック》】のアシストは確かに強力だが、勢いのあまり吹き飛ばされている最中に敵からの攻撃を避けることはできない。せいぜいが魔法を撃って相殺《そうさい》するくらいだろう。

つまり、魔法が使えない俺は【爆風散華《ウインド・バック》】の援護を受けられない。

だから、シェルバの元へたどり着くまで多少の時間がかかる。

奴《やつ》はその時間を稼ぐために散らばせるようにして炎の魔法を放った。

「ふん、小賢《こざか》しい。だが、少しは頭を使ったか」

俺の進路を潰すよう一点ではなく、バラけさせて弾丸を撃ち込んだ。

【魔術葬送《デリート》】は使わないと決めた以上、俺も避ける必要があるため、当然奴《やつ》の元へたどり着くまでにロスが生まれる。

俺が肉薄するよりも前にシェルバも受け身をとって、体勢を整え直していた。

「残念だったな！　魔法が使えないお前は自由が利《き》かないうちにトドメを指さなければならなかった！　そのもくろみも外れたわけだ」

「いいや。ここまで計算通りだ」

「なに……？」

「万全の状態を上から実力でねじ伏せる。こちらの方がわかりやすくていいだろう？」

「お前……ふざけるなぁ！　【火炎の爆弾《フレイム・ボム》】！」

シェルバは指と指の間に生まれた八つの炎の爆弾を俺へと向けて投擲《とうてき》する。

「そのまま吹き飛んでしまえ！」

「お望み通りとはいかないな」

俺は腰のポーチから鉄のコインの束を取り出すと、そのまま指ではじき飛ばした。

直進するコインに当たり、爆発する炎の爆弾。

爆発は起きるものの全て俺には届かない。

俺たちの間に視界を遮る煙が立ちこめるが……今度はこちらの番だ。

「いっ⁉」

「――そこか」

余ったコインをばらまくようにして投げると、それが当たったシェルバの声で奴《やつ》のいる方角がわかった。

身を低くして近づけば、いらだちと煙に顔を歪《ゆが》めるシェルバがいた。

「畜生、どこにいる⁉　出てこい！」

「後ろだよ」

「っ！　フレイム・シュ――」

「この距離だと魔法はもう遅い」

「――ぅごぉっ⁉」

腹部へとめり込む拳と確かな手応え。

振り抜いた拳はそのままシェルバを上空へと突き上げる。

ドサリとそのまま落ちた音。

近くまで寄れば白目を剝《む》いて、意識を失っていた。

「やはり拳がいちばんだな」

拳を見ながら、そう呟《つぶや》く。

筋肉にかけた努力と時間は裏切らないのだ。

「さて、あっちはどうなって……ハハッ。すぐ終わりそうだな、これは」

マシロへ目をやると、戦況は一目瞭然だった。

「デュアル・マジックキャスターなんてずるいわよ！」

「そう言われても生まれつきだもん」

地面に転がっている女子生徒の手と足は氷の鎖でつながれていた。

きっと風属性魔法を警戒していたら氷属性魔法を使われてそのまま食らってしまったのだろう。

わかっていても二種類の属性の魔法に適切な対応をとるのは難しい。

「はい。じゃあ、静かにしておいてね」

「むぐ⁉　うぅ！　うぅぅ……！」

マシロは相手の生徒が魔法を使えないように口にハンカチを詰めた。

あの状態ではもう決着が付いていると言っても同然だろう。

さて、レイナの方は……。

「くそぉ……！　【雷の剣舞《サンダー・ロンド》】！」

「【雷柱光来《ライトニング・ピアーズ》】」

宙に舞った六つの電撃の剣がレイナを切り裂かんと降り注ぐが、それらを地面から天へと向かって伸びた雷の柱が防ぐ。

純粋な魔法の威力が違うのだろう。同じ属性ということもあって、レイナの魔法は相手の魔法を吸収しているようにも思えた。

さながら肉食獣がエサをむさぼるかのごとく。

「ごめんなさい。どうやらオウガ君たちも終わったみたいなので、私も終わりにしますね」

「そ、そんな……」

まるで今まで子供の遊びに付き合っていたかのような物言いに、相手の表情はみるみる絶望に染まっていく。

「――【雷の鞭《むち》】」

彼女の手に現れるバチバチと音をはじけさせる鞭《むち》。

彼女は慣れたような手つきでヒュンヒュンと風を切らせ、バシンと地面を打ち鳴らす。

「大丈夫。当たってもちょっとしびれるだけですから」

「あっ……あぁっ……！」

「楽しみましょうねっ！」

「うあぁぁぁ～⁉」

微笑《ほほえ》みながら鞭《むち》を振るう彼女の姿はまるで夜の女王様のようだった……とだけ言っておこう。

◇◇◇◇

床に転がった三人の生徒。

落ちた衝撃で眼鏡が砕けたシェルバ。芋虫のように転がるだけのマルカ。なぜか恍惚《こうこつ》の表情を浮かべて尻を突き上げているボーデン。

それらを確認した審判がリッシュバーグの校章が描かれた旗を上げた。

『な、なんということだ！　蓋を開けてみれば完勝……！　圧倒的な実力です！　昨年は煮え湯を飲まされたリッシュバーグ魔法学院が新戦力をひっさげて、ミソソナ魔法学院を完膚なきまでに叩《たた》きのめしました！』

司会による決着のアナウンス。

一拍開けて、観客の様々な感情が乗った声が会場に響き渡った。

俺たちを賞賛する声。予想外の結末に驚愕《きょうがく》した声。応援していた選手が負けて悔しがる声。

今は耳に届く全ての声が嬉《うれ》しい。

いろんな声で、俺たちの勝利を伝えてくれるから。

「マシロ。レイナ」

「オウガくん、いぇいっ！」

「お疲れ様です」

同じ喜びを嚙《か》みしめる二人とハイタッチを交わす。

まだ一回戦だが、この試合がもたらす影響は大きい。

他校はやはりリッシュバーグ魔法学院は強いのだ、とそれまで抱いていた希望を捨て去ることだろう。

少しでも諦めない気持ちに陰りが差せば、勝利の可能性は非常に薄くなる。

だが、今はそれよりも。

「なぁ、レイナ。俺に任せてよかっただろう？」

「……はい。オウガ君をチームメイトに選んで正解でした」

「これからも何かあれば俺を頼ってくれ。レイナのためなら俺はなんでもしよう」

「……わかりました。遠慮なく頼っちゃいますね」

そう告げる彼女の表情は何かが吹っ切れたようだった。

ふぅ……これでなんとか一安心か。

彼女が選択に迫られたとき、俺に相談してくれるだろう。

そうなれば対処がずいぶんと楽になる。

「オウガ～！　格好よかったよ～！」

「みなさま素晴らしかったですわ～!!」

「会長！　こっち向いてくださ～い！」

「……さぁ、勝者の権利だ。声援に応えようか」

「そうですね。とても良《い》い気分ですから」

「ありがと～ございます！」

投げかけてくれる賞賛に手を振って、礼をした俺たちは会場を後にした。

◇　◇　◇　◇

「第一回戦突破を祝して～かんぱ～い!!」

「乾杯」

「ふふっ、乾杯です」

マシロのかけ声に合わせて、カツンとグラスをぶつける。

ミソソナ魔法学院との試合が終わり、夕食に舌鼓《したつづみ》を打った後、俺の部屋に集合していた。

本当はカレンも呼んで生徒会メンバーでお祝いといきたかったんだが、宿泊施設は関係者以外立ち入り禁止。

なら、せめてカレンも参加できるように外部で行おうとしたが彼女自身に止められた。

『オウガたちなら優勝できるって信じているから。貸し切りできるレストランを押さえておくよ。楽しみは最後まで取っておこう？』とは彼女の言葉。

そう言って送り出してくれた婚約者を悲しませるわけにはいかない。

また一つ、優勝しなければならない理由ができた。

「ん～。冷たい紅茶も美味《おい》しいね」

「ああ、やはりレイナが淹《い》れてくれると味が変わるな」

俺は購入していたラムダーブ産の茶葉を利用したアイスティーをレイナに淹《い》れてもらい、再挑戦していた。

店では消し切れていなかった匂いが和らぎ、きちんと楽しめる香りになっている。

「コツがあるんです。お湯で温めた手で優しく揉《も》んであげるとまろやかになるんですよ」

「メモはしたか、アリス」

「はっ、滞りなく」

「ふふっ。ただこうすると手に匂いがついちゃうのが難点なんですが……」

「本当だ。……でも、こっちは嫌いじゃないな。なぜだろう」

差し出してきた彼女の手を取ってスンスンと匂いを嗅ぐ。

茶葉の匂いがしみ込んでいるが、その中にほのかな甘い匂いも感じ取れる。

レイナの歴史とも言える……うん、俺好みのいい匂いだ。

「……あ、あの、オウガ君？」

「ん？　どうかしたか？」

「私も……流石《さすが》にそれは恥ずかしいといいますか……」

顔を上げれば珍しく口をもごもごとさせるレイナ。

彼女の言葉を受けて、改めて自分の状況を客観的に見てみた。

異性の先輩の手を取り、その匂いを嗅ぐ男か……ふむ。

アウトだな!!

「オ・ウ・ガ・く〜ん……？」

「……すまなかった」

甘んじて怒り心頭のマシロのつねりを受け入れる俺は痛みを堪えながら、レイナに謝罪する。

「い、いえ、ちょっと驚いてしまっただけですから。……と、匂いがついちゃっても美味《おい》しいからついつい飲んでしまうんですよね」

そう言ってレイナも美味《おい》しそうに、コクコクと喉を鳴らして飲んでいた。

「やっぱりお気に入りなんだな」

「ええ……思い出の味ですから」

故郷の特産物だ。彼女にとってはなじみ深い味なのだろう。

そういえばフローネも魔物の軍勢を追っ払ったこともあって、ラムダーブ王国とは深いつながりがあるんだったか。

となれば、レイナとフローネの出会いはこのラムダーブだったん……だろう、な……。

自分の中で点と点が結びつく感覚が脳内でほとばしる。

……待て。俺の中でとある最悪のシナリオが浮かび上がる。

彼女がこんな重労働させられているのが生徒会長になってからではなく、もっと考えられないくらい幼少期からだったとしたら？

彼女の心の奥に溜《た》まった負の感情は俺の想像を遥《はる》かに超える域に達しているんじゃないか。

「……なぁ、レイナはいつからフローネ学院長の弟子になったんだ？」

「……さぁ、いつからだったでしょうか」

「答えてくれ」

「……仕方ないですね。乙女の秘密なんですよ。……五年前からです」

嘘《うそ》だと直感的にわかった。

なぜなら、彼女の瞳が希望《ヴェレット家》と絶望《フローネ》に揺れていたから。

彼女は俺に伝えようとしているのだ。いま口にした情報は間違っていると。

そうか……これがお前の頼り方か、レイナ。

あくまで俺が気づくかどうか、試しているんだな。

「もう、どうしたんですか、オウガ君。顔がこわばっていますよ」

この間のようにムニリと頬をつつかれる。

「本当だよ、オウガくん。せっかく勝ったのに、そんな顔してたら損だよ？」

「……そうだったな。水を差してすまなかった」

「いえいえ。気にしていませんよ。よく聞かれる質問ですから」

「……フッ。なら、乙女の秘密でもないじゃないか」

「そういうことは言ってはいけないんですよ」

「……しゅまない」

「ぷっ、あははっ‼　オ、オウガくん……すごい……すごい顔してる……‼」

今度は強く唇を挟むように押されて、変顔状態になってしまった。

それを見て、マシロが大笑いして雰囲気が変わったのでよしとしよう。

「それじゃあ、オウガくん、また明日！」

「今日はしっかり休んでくださいね」

「ああ、二人もお疲れ様。おやすみ」

あの後、特に何かが起きるわけでもなく数十分の間、楽しくおしゃべりして解散の流れになった。

……さてと。

「アリス。紙とペンを」

「はっ、すでに用意しております」

「流石《さすが》だな。優秀なお前がいて、俺は幸せ者だ」

「ありがたきお言葉です」

そう言って、アリスは流れ作業のように俺の横顔を魔法写具《カメラ》で撮っていた。

気にしたら負けだ。彼女なら変なことには使うまい。

それよりも今はレイナについてだ。

父上ならば何か知っているかもしれないと思った俺は詳細を記していく。

「そういえば、アリス。お前に一つ聞きたいことがある」

「私に答えられることであれば、なんなりと」

「試合中に見たあの応援団は何だ？」

「彼女たちはオウガ様のファンクラブを名乗っていました」

……本当にファンクラブだったんだ。

物好きもいるなぁ。前世でもヒーローではなくヴィラン推しの人たちもいたし、彼女たちもそういう類いなのだろうか。

しかし、ファンクラブか……クックック、いい響きだな。

「しかし、オウガ様にはふさわしくないと思い、誠に勝手ながら指導に至りました」

「……そうか」

それであんなに恥ずかしい応援文句になっていたのか……。

「オウガ様の試合は全て観《み》に来《く》るようなので、次回以降も指導を続けるつもりです」

「……ほどほどにするんだぞ」

「かしこまりました」

……と、やりとりをしているうちに書き終えた。

「アリス。悪いが、これを郵便ギルドまで届けてくれ。金銭はいくらかかってもいい。早ければ早いほどいい」

「かしこまりました。早速、行ってまいります」

アリスは封筒を受け取るなり、即座に部屋を出ていく。

これで後は父上からの返事が届くのを待つだけだ。

できる限り早いのが望ましいが、父上は多忙の身。これぱかりはわがままを言えない。

今まで通り、できる限りのことをしよう。

「……何事も起きなければいいが」

そう決意した俺はかいた汗と焦《あせ》りを流し落とすためにシャワールームに入った。

◇　◇　◇　◇　◇

漆黒の言葉がふさわしい暗闇の帳《とばり》が降りた夜。

ミソソナ魔法学院の宿泊施設の外出時間を過ぎているにもかかわらず、出歩いている生徒がいた。

「くそが……レイナ・ミルフォンティ……！」

対抗戦前とは縁の色が違う眼鏡をかけたシェルバは憎しみをこめて、ライバル校であったリッシュバーグ魔法学院の生徒会長の名前を口にする。

「おかしいだろ……この僕が負けるぅ……？　それも一年コンビとのチームだぞ」

文字だけ並べれば負ける要素はどこにもない。

だが、残った事実は自身の敗北だ。

シェルバはそれが受け入れられず、目を覚ました後からずっと荒れていた。

善戦でもしていたのならもう少し溜飲《りゅういん》は下がっていたのかもしれない。彼が食らったのは見事なまでの完封敗け。

一切の見せ場がなかった。三年生として何の実績も残せなかった。

「あいつが、あの【落ちこぼれ】さえいなければ……！」

次なる怒りの矛先はオウガ・ヴェレットへ。自身を倒したヴェレット公爵家の息子。

彼はレイナ・ミルフォンティとの再戦を思い描いていた。そこで奴《やつ》を倒せば、尊敬するフローネ・ミルフォンティ先生の弟子にしてもらえるだろうと明るい未来を夢見ていた。

蓋を開けてみればレイナ・ミルフォンティは自分に興味すら持っておらず、挙げ句の果てに魔法を使えない男に負ける始末。

これでシェルバ・アンセムという魔法使いの評価は地に落ちた。昨年の優勝はただのまぐれと大半に見られ、卒業後の道も一気に閉ざされる。

「殺す……殺してやりてぇ……」

魔法使いとして、これほどまでにない屈辱感が彼の心をむしばむ。

——不運というのは重なるものだ。

きっとこれがラムダーブ王国という舞台でなければ、彼はこれ以上奈落へ転げ落ちていくことはなかったのだろう。

だが、無情にも賽《さい》は投げられ、悪魔が微笑《ほほえ》んだ。

『力が欲しいか？』

「あぁ……？」

シェルバの前に現れたのは奇妙な仮面を着けた男とも女ともわからない黒ローブ。

仮面に見初められた彼はなぜかその場から脚が動かなくなっていた。

『オウガ・ヴェレットを殺す力が欲しいか？』

「……フッ……クハハ……！　できるのか、そんなことが……」

『貴様が望むのであれば』

「欲しい！　あいつを殺す力が！　あいつより強いと証明すれば、僕は、僕はまだ……！」

シェルバはもうその言葉が己の意思なのかどうかも判断できていない。

頭を支配するのは力への渇望《かつぼう》とオウガ・ヴェレットへの強烈な殺意。

『いいだろう。ならば、存分に暴れてみせろ』

「ガッ⁉」

シェルバの首筋に突き立てられた緑の液体が入った注射器。

黒ローブは彼の体内へと液体を注入していく。

それを全て体内に受け入れたシェルバの肉体に変化が起きるのはすぐだった。

「あっ……これなに……ぐっ……！」

ボコリ、ボコリと筋組織が隆起したり、へこんだり、紙のようにくしゃくしゃと変化する。

己の肉体が自分の物でなくなっていく感覚をシェルバは感じ取っていた。

「アッ……グォ……アァァァァ……！」

夜に、新たな怪物の咆哮《ほうこう》が響く。

それを黒ローブは冷酷なまなざしで見つめていた。

◆Stage2-5◆　運命の一日

いちばんの強敵と思えたミソソナ魔法学院を撃破した俺たちを止められるはずがなかった。

準決勝の相手となったハイウス魔法学院。

彼らは水属性魔法による波状攻撃を仕掛けてきたが、氷属性を持つマシロの前には相性が悪く完敗。

攻撃手段を封じられたところを俺とレイナによる武力と魔法のごり押しで押し切った。

ついに全ての部門において準決勝が終了。各地で続く熱狂も最高潮に達しようとしていた。

だが、それに水を差す報告が各学院になされる。

「……出場選手が行方不明になっている？」

残すは明日の決勝戦だけだ。万全を期すために今日も俺は肉体をいじめ抜いていた。

レイナはフローネに呼び出されたので、彼女の元へ。

トレーニングをする俺に付き合ってくれていたマシロと一緒にいたところ、出かけていたはずのレイナが駆け寄ってくるなり、行方不明事件について切り出してきた。

「いぇ～い！　ぶいっ！」

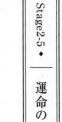

「それはどういうことだ、レイナ」

「先生に聞いたのですが、他校で数名ずつ生徒が宿泊施設に帰ってこないらしくて……」

「お祭り気分に浮かれて外で羽目を外しているだけじゃないのか？」

「一人、二人ならその可能性もあったでしょうが……。それに一日だけではなく、中には二日、三日も姿を見ていない生徒もいるとなると……」

「なるほど。確かにきな臭いな」

「他校ってことはリッシュバーグからは出ていないんですか？」

「はい。今朝の点呼で我が校には被害がないのが確認できています」

それが不幸中の幸いか。

……正直に言おう。俺にとっては他校の被害はどうでもよかった。

多少は同情する気持ちはあるが、あくまで他人だ。

そんな奴《やつ》らまで救おうとするのは勇者のような善人であって、俺のような悪役の仕事ではない。

カレンは公爵家所有の船で来ていたな。あのサイズならリッシュバーグの代表生徒を乗せることくらい可能だろう。

なら、さっさとマシロやレイナたちを連れて、この島からおさらばするとしよう――

「今晩は学院の教師がそれぞれ巡回をすることになっているみたいです。先生の指示を貰《もら》った私もそれに参加する予定です」

「——なら、俺も参加しよう。少しでも頭数はあった方がいい」

それはよくない。非常によろしくない。

今回、この島にやってきている生徒たちは将来の有望株ばかり。そんな彼ら彼女らを何人も誘拐するほどの実力者だ。

もし万が一、レイナが連れ去られでもしろ。

ここまでの俺の努力が水の泡になる。確かに巡回も面倒だが、俺にとっていちばん辛《つら》いのはこれまでの努力が無になることだ。

ずっと遊んでいたゲームのデータが故障で消え去ったら虚無になる気持ちと一緒である。

彼女を説得してもいいが、フローネの指示と言っていた。彼女がこれを破って、こちらに付くかはあまりにもギャンブルだ。

「だったら、ボクも！　悪い奴《やつ》らはこらしめないと！」

「……わかりました。では、私から先生に伝えておきますね」

そう言うとレイナは抽選会場の方角へと走り去っていく。

今はあそこが対策本部となっているのだろう。

そんな彼女と入れ替わる形でアリスがこちらへとやってくる。

「ただいま戻りました」

「おかえり、アリス。どうだった、ラムダーブの街は。楽しめたか？」

俺は彼女に休暇を与えていた。

今日は外出の予定もなく、マシロが付いてくれていたので比較的仕事がなかった日だからだ。

彼女には俺と一緒にリッシュバーグ魔法学院という箱庭暮らしを強いている。

せっかく外に出たのだから、息抜きにと自由に回ってきていいと伝えていた。

決してマシロと二人でイチャイチャするのに邪魔だったからとかではない。

「はい、とても。私にまで気をかけていただき、ありがとうございます。ところで、オウガ様。こちらを」

そう言うと彼女は一通の封筒を寄越す。

それにはヴェレット家の封蠟《ふうろう》が押されており、すぐに誰から差し出されたのかわかった。

「父上……」

もう返事を書いてくださったのか。お忙しい身だろうに……。

「アリス」

「では、リーチェ嬢は閲覧をお控えください」

「はーい」

マシロは両目をアリスによって塞がれる。

それを確認してから、俺は封を開けた。

『我が最愛なる息子のオウガ

手紙をありがとう。どうやら楽しい学院生活を送っているようでなによりだ。

我が領地でもお前の活躍を頻繁に聞いている。次期当主として恥じぬ結果を残しているようだな。

あのレベツェンカの娘と婚約したのには流石《さすが》に驚かされた。お前のおかげで軍部とも連携が取りやすくなり、私も助かっている。礼を言っておこう。

お前が学院魔術対抗戦の代表になれて母さんも喜んでいた。私も嬉《うれ》しいよ。おめでとう。

仕事の関係で私は直接応援することはできないが、お前の活躍はしっかり見ているぞ。

お友達もどんどん連れてきなさい。お前が見初めた子たちと会うのを楽しみにしている。

さて、ここからはお前が知りたがっていた情報だ。

子は父に似ているのか……まさかお前からこの情報が知りたいと言われるとは思っていなかったぞ。

その二人が邂逅《かいこう》したのは――十二年前。ラムダーブ王国が魔族に襲撃された年だ。

これがお前の役に立てば幸いだ。読んだ後、この手紙は処分するように』

「やはりか……」

俺の読みは当たっていた。いや、想像よりもひどかったかもしれない。

追記された情報を加えて、レイナ・ミルフォンティの過去を想像する。

彼女はおそらく戦争孤児。行く当てもないところをなまじ魔法の才能があったせいで、フローネに目をつけられた。レイナが生き延びる道もそれしかなかった。

弟子という名目で拾った幼い彼女に過酷な労働を強いたのだろう。俺たちが入る前の生徒会の状況がそれを物語っている。

そんな過去があったなら、レイナの表情筋が死んでいるのにも納得がいく。

辛《つら》さしかない日々に彼女は耐え切れず、笑顔を忘れてしまったのだ。

もう彼女の心は壊れてしまっているのかもしれない。

俺でさえ教会の子供たちは大人になってから搾取《さくしゅ》するつもりなのに……。

フローネ・ミルフォンティ……あいつは俺をも超える邪悪だ。

初めはレイナの事務能力に目をつけて引き抜こうと思っていた。

だが、同じ境遇にあった者と知って、彼女に対する気持ちは百八十度変わった。

必ずレイナをあのブラック企業も顔を真っ青にする親玉から救い出してやらねば……！

「ありがとうございます、父上」

大切なことに気づかせてくれた父上に感謝を告げる。

「アリス。魔導着火具《ライター》を」

「どうぞ」

アリスが魔導着火具《ライター》を使って灯《とも》してくれた火で手紙を燃やす。

しかし、こんなにも速く返信をくださるとは……まるでラムダーブにいるかのごとき速さだ。

「オウガ君！　リーチェさん！　こちらへ！」

俺たちを呼ぶレイナの姿がかわいそうに思える。

学院の外に出ても、フローネに使いっ走りさせられて……。

……覚悟を決めた。

この騒動を収束させた後、俺は彼女に己の気持ちを伝える。

◇　◇　◇　◇

時は移ろいで、夜。

俺とマシロはリッシュバーグの宿泊施設の二階部分を歩いて回っていた。

「今日は何事もなく終わるといいね」

「そうだな。そうなってほしいものだ」

ここに至るまで様々な話し合いが行われ、学院側は宿泊施設をそのまま利用することに決めた。

王国内の宿屋を利用する案も出たが、狙いが生徒たちであり分散させるのは守る上でリスクがあること。一般市民にまで迷惑をかけてしまう可能性があることから生徒たちを固めやすい宿泊施設が選ばれた。

生徒たちはたとえどんなことがあったとしても部屋から出ないように強く言い渡されている。

宿泊施設は五階建て。各階を二人一組で回る。

俺たちが参加するのに反対する声もあったが教師の数が足りておらず、フローネの鶴の一声で生徒会メンバーは例外的に参加することに。

レイナや各学院長は切り札として中心部の対策本部で待機。騒動が起き次第、現場に向かう。

一連の事件について聞いたアリスが参加したそうにうずうずしていたが、流石《さすが》にメイドとして雇っているアリスを見回り組に加えるわけにもいかず……。

彼女にはとある場所で待機してもらっている。

「とりあえず今晩が勝負だ。ここさえ乗り切れば船を出せる」

万が一、行方不明生徒が戻ってくる可能性も考慮して、出航は明日となった。

もし生徒たちが誘拐されていたとして、その犯人を捕らえられたなら無事に全員で帰れる。

行方知れずになった生徒は当然貴族の子たち。

魔法学院の威信にかけても、このままで終わるわけにはいかないのが本音だろう。

「そうだね。でも、う～ん……」

「どうかしたか？」

「犯人は何が目的なんだろうと思って。身代金《みのしろきん》ならもう犯行声明を出していてもおかしくないよね」

「……確かにそうだな。もう十分な数の人質は確保しているはず」

一度考えると、疑問点は他にも湧いてくる。

「わざわざ代表選手を狙う理由も気になるな。金銭目的ならもっと楽なターゲットもこの島にはいる」

カレンたちのように自費でこの島まで応援にやってきた生徒たちはたくさんいる。

なのに、代表選手を狙う理由は……。

「……魔法使いとして優秀なことが狙われる条件か……？」

だとすれば、リッシュバーグで狙われるのは……！

——そして、そのときは全くの予兆なくやってくる。

「……っ！　マシロ、いるな!?」

「うん、大丈夫だよ！」

俺は即座にマシロのいた位置に腕を伸ばす。確かな感触に安心して、彼女を抱き寄せる。

このおっぱいは間違いない。マシロだ。

「マシロ。魔法光源《ライト》をつけてくれるか？」

「う、うん、待ってね」

彼女はポケットにしまっていた魔法光源《ライト》を取り出すと、スイッチを押す。

ちょうど光は俺と彼女を照らし出し、自分たちの距離がとんでもなく近いことに気づいた。

「ご、ごめん、オウガくん。歩きにくいよね。すぐ離れるから……」

「──いや、そのままでいい。しっかり掴《つか》まっていろ」

「えっ、わっ、あぁぁっ⁉」

俺はマシロを抱きかかえると、そのまま彼女がいる一階を目指して走り出す。

俺の予想が正しければ今回のターゲット候補最有力は二人。

そのうちの一人であるマシロは無事だった。ならば──

「ぐわぁぁぁっ⁉」

「オウガくん！　今の声っ！」

「ああ！　下だ……！」

くそっ、なんでこんな簡単なことに気づかなかったんだ。

自身へのいらだちをエネルギーに変えながら、アクセルを踏み込む。

一階にたどり着いた瞬間、マシロが辺りを照らしてくれる。

すると、ちょうどエントランス付近に見覚えのある男性教師二人が倒れていた。

「おい！　大丈夫か⁉」

「先生！」

俺たちは二人の元まで駆け寄り、傷を確認する。

いくつかかすり傷はあるものの命に関わる類いのものはなさそうだ。

「……っっ、き、きみたちは……」

俺たちの声に反応した一人が目を開ける。

よかった……意識はあるようだ。

「く……暗くなったところを狙われて……」

「わかったから喋《しゃべ》らなくていい。今は安静にしていろ」

「すまない……奴《やつ》はっ……あっちに……」

そう言って、彼は俺たちがやってきた方向とは反対側を指さす。

自分たちを襲った犯人が逃げた方向を教えてくれているのだろう。

そして、その先にはレイナのいる対策本部がある。

「――っ！　マシロ！　もう一回だ！」

「うえっ⁉　う、うん！」

マシロも狙われる対象である以上、放置するわけにはいかない。

再び抱えて、対策本部へと飛び込む。

大丈夫……あそこには歴戦の猛者《もさ》たちがいる。きっとすでに捕まえているはず。

自分に言い聞かせながら廊下を走り、扉を蹴飛ばして中に入った。

「レイナ！　大丈夫……⁉」

ライトに照らされた光景に思わず、絶句する。

バラバラに壊され、傷だらけになった室内。

フローネ・ミルフォンティを含め、ここにいた全員が倒れ伏していた。

「オウガくん、生徒会長さんがいない！」

「っ……⁉　なに……⁉」

「きゃぁぁぁぁあっ⁉」

マシロの指摘にハッとしたのもつかの間、今度は宿泊施設からの悲鳴が耳をつんざく。

声の主は生徒か教師か。どちらかはわからないが、レイナを連れ去ろうとしている人物は宿泊施設にいる。

それだけは間違いなかった。

「くそっ、ここから走っても間に合わないぞ……！」

「オウガくん！　魔法戦でのアレを使おう！」

「……！　そうか！　ひと思いにやってくれ！」

彼女の言葉の意図を理解した俺は彼女の肌が傷つかないようにバトルコートを呼び出してか

ぶせる。

「【爆風噴出《ウインド・アッパー》】！」

次の瞬間、俺たちは強烈な勢いで宿泊施設へ向かって飛び上がり、最上階へと到達する。

「っっ！」

跳び蹴りの応用で窓を割って、中へと入る。

顔と喉を守るためにカバーした腕を切ったが、これくらいの傷は問題ない。

そして、顔を上げた瞬間、一室のドアノブに手をかけている黒いローブを着た仮面の不審者と視線が重なった。

こいつが今回の誘拐事件の犯人……！

「レイナをどこにやった⁉」

『…………』

俺の問いかけに黒ローブの反応はない。それどころか動く素ぶりも見せなかった。

奴《やつ》はレイナを抱きかかえていない。

……なら、あいつが触れていた扉の向こう。あそこが怪しいな。

『……お前も連れていこう』

低くくぐもった声で、黒ローブはマシロを指名する。

レイナだけに飽き足らずマシロまで連れ去る魂胆か。

「それは欲張りがすぎる話だろ。お前にはどちらも渡さない」

「……オウガくん。こいつが今回の……」

「そうだ。絶対に捕まえるぞ」

あの学院長たちを倒した相手だ。とてつもない強者だろう。

おそらく誰も上がってこない気配を鑑《かんが》みるに教師たちの援軍も期待できない。ここまでに全員やられていると考えるべきだな。

『…………』

俺たちだけでこいつを相手にしないといけないわけか。

まさに絶望的なシチュエーションだ。

……クックック、面白い。

「行けるな、マシロ?」

「もちろんだよ。あなただけは逃がさないんだから」

『…………』

全員が構えて、静寂が空間を支配する。

奴《やつ》にレイナを回収させる隙を与えてはいけない。状況によって、先手は俺たちだと決められていた。

「合わせろ、マシロ!」

「任せて！　【氷結の十六矢《アイス・アロー》】！」

俺が踏み込むと同時に展開された十六本の氷の矢が上下左右からタイミングをずらして、黒ローブへと放たれる。

『……【火炎の弾丸《フレイム・シュート》】』

「炎属性……！　相性最悪っ……！」

打ち落とされる氷の矢。それでも相殺《そうさい》で済んでいるのはマシロの方が魔力量が勝っているからだろう。

普通ならば【火炎の弾丸《フレイム・シュート》】が彼女まで届いている。

「二対一だぜ！　こっちも相手してくれないとな！」

頭部と腹部へ同時に放つ突き。

並の魔法使いなら上に気を取られてボディブローが決まるところだが、黒ローブは見事にどちらも受け止めてみせた。

摑《つか》まれたままはマズい。距離をとらないと……！

前蹴りを放つ。足裏が奴《やつ》のボディに当たり、双方共に後ろへと吹き飛ぶ。

「ふん、やるじゃないか」

『………』

魔法使いとしても才能があり、俺の動きについてこれる運動神経。

明らかにおかしい。間違いなく肉体になんらかの改造を施している。

優秀な魔法使いの身体能力が魔法の才能に反比例して低くなるのは、歴史で実証済みだ。

目の前のこいつは、その世界が作ったルールを破っている。

「さぁ……次はどう出る……？」

【魔術葬送《デリート》】を使うならば、ここで必ず仕留めておきたい。

だが、俺とマシロがいても押し切れる可能性はよくて半分といったところ。

それぞれの苦手分野を補っているから渡り合えているが、どちらかがノックダウンされたら終わりだ。

俺たち二人で勝ち切れないならば……とる手段は一つしかない。

問題はどこで使うか、だ。

チラリとレイナがいるであろう部屋を見る。

俺と黒ローブからの距離はちょうど同じくらい。なら、先に動く！

『…………』

「つくづく思考が似る奴《やつ》だ」

俺と奴《やつ》の動き出しは同じ。だが、到達するのは向こうの方が先だった。

「どれだけ弄《いじ》ってるんだ、お前……！」

『…………』

声による返事はない……が、奴《やつ》の体からボコッと嫌な音がする。
受けたらマズい！
直感的に受けようとした手を引き、体をずらして躱《かわ》す。
からぶった拳は壁に突き刺さり、粉々に破壊していた。
驚愕《きょうがく》の威力に冷や汗をかく。だが、ここで引いているだけでは悪役が廃る。
「大ぶりの後は隙ができるってことを忘れるなよ」
俺は黒ローブの後ろに回ると、羽交い締めにして動きを封じる。
うおぉぉ！　持ってくれよ、俺の筋肉……！
「【疾風の十六矢《ウイング・アロー》】！」
『【火炎の弾丸《フレイム・シュート》】』
炎と風の魔法がぶつかり合い、爆風が起きる。
その瞬間、ふわりとこの戦場にふさわしくない香りが漂った。
あれ……この匂い、どこかで……。
なぜか無意識に俺の目が彼女のいる部屋に行く。
『命のやりとりの最中によそ見か』
「うおっ⁉」
振り向きざまに黒ローブの拳が頬をかすめる。ツーと皮膚が切れ、血が流れ出した。

本当にどんな体をしているんだ、こいつは。

「どんな面をしているのか拝ませてもらおうか！」

『……！』

仮面めがけて掌底を放つが、間に手のひらを挟まれて不発に終わる。

そのまま互いの両手を摑《つか》む展開になり、俺たちは組み合う様相になった。

「どんなバカ力だよ……！」

『こちらの台詞《せりふ》だ……！』

「【氷結の風《フロスト・ウインド》】！」

『……！　【灼熱の風《バーニング・ウインド》】！』

「よそ見するなって自分で言ったのを忘れたのか！」

『ぐっ……！』

マシロの魔法に対抗しようとすれば、相当な魔法を放つ必要がある。

発動までの隙を逃さす、俺は足払いをしてバランスを崩させた。

今だ、ここしかない！

俺はこの状況を打破する存在の名前を叫ぶ。

「――アリスっっっ!!」

「――お待ちしておりました」

それが当然であるかのように、彼女はほんの少しも音を立てずに窓から施設の中へ入ってきた。

視界の端に構えていた金色の髪を捉えた俺は飛び込むようにマシロの頭を押さえてしゃがみ込む。

「──【斬華散撃《ざんかさんげき》】」

刹那、頭上を斬撃の衝撃波が通り過ぎる。

その速度は稲妻のごとし。

アリスの剣から打ち出された斬撃は三方向に分かれた。床を這《は》い、壁を伝い、宙を飛ぶ。

生きているかのようにうごめく斬撃は黒ローブに迷いを生ませる。

『【火炎の爆弾《フレイム・ボム》】……！』

宙へと撒《ま》かれた炎の爆弾だったが、アリスの攻撃はそれでは止まらない。

アリスの斬撃は、対処が遅れた黒ローブに直撃し、奴《やつ》を吹き飛ばした。

「っ！　【氷結の風《フロスト・ウインド》】！」

切り裂かれた奴《やつ》の置き土産は爆発した瞬間、マシロの魔法によって氷漬けにされる──が、一面に広がった炎が凍ったことにより氷の壁ができてしまい、視界が塞がれてしまう。

「くそっ！　最後に面倒なことしやがって！」

「私は奴《やつ》を追いかけます」

「頼んだ！」

アリスならば心配ない。

彼女は人が楽に通れる穴を氷の壁に作ると、そのまま黒ローブを追いかける。

俺とマシロは奴《やつ》が入ろうとしていた部屋に突入した。

そこは教職員が使っていた部屋なのか、荷物が異様に少なく質素だった。

その端。ベッドにもたれかかるようにして見慣れた桃色髪の少女が横たわっている。

月明かりに照らされた肌は生気がないかのように白い。

「「レイナ（さん）！」」

そばに駆け寄って、そっと体をベッドに寝かせる。

マシロが口元に顔を近づけて呼吸音を確かめ、俺が手首で脈を測る。

人生で最も長く感じられる十秒だったと思う。

顔を見合わせた俺たちの表情からは焦《あせ》りが抜け、安堵《あんど》に包まれた。

「……よかったぁ～」

ふにゃりと気が抜けたマシロは半分涙目だった。

「どうやら気を失っているだけみたいだな」

「じゃあ、もしかして他の人たちも」

「……ああ、すぐに介抱に行こう。部屋にこもっている生徒たちにも手伝ってもらわないとな」

「じゃあ、ボクが声をかけてくるよ！」

「あっ、おい！」

呼び止める前にマシロは部屋を出ていってしまった。

ったく……自分も狙われている身だと自覚してほしいな。

まぁ、犯人はアリスが追いかけているだろうし、脅威は去ったと考えていいだろう。

「……オウガ、くん……？」

「……！　大丈夫なのか？」

「すみませ……私、迷惑……かけて……」

「気にするな。頼っていいと言っただろう？　これくらい全く問題ない」

「……ふふっ、優しい……すね……」

「しゃべらなくていい。ゆっくり休め」

彼女は小さくコクリと頷《うなず》いて、まぶたを閉じる。

「……本当に無事でよかったよ」

瞳を閉じている彼女の綺麗《きれい》な髪に沿って頭を撫《な》でる。

「――あっ」

「オウガ様！　こちらへ！」

「……わかった。すぐ行く」

心配する必要がなくなったレイナを置いて、俺を呼ぶアリスの元へ移動する。

彼女はすでに剣を収め、いつものメイドモードになっていた。

「……あれを」

「……あいつは……」

アリスが指さす先は悲惨という言葉では言い表せない有様《ありさま》だった。

ぐしゃりと折り紙のようにひしゃげた肉体。

……砕け散った仮面と眼鏡。

俺たちと戦ったシェルバ・アンセムが黒のローブに身を包まれたまま還《かえ》らぬ人となっていた。

「それと彼の近くには、これが落ちていました」

「……久しぶりに見たな」

【肉体強化《ドーピング》エキス】。アリバンも使っていた一時的に筋力を増強する違法薬。

なるほど。あの異常なまでの身体能力もこれがあったとすれば全て納得がいく。

本当になんでもないくらい拍子抜けに、つじつまが合ってしまう。

「使用していた魔法の属性も一致します。状況証拠的には彼が犯人で間違いないかと……いかがなさいますか？」

「……そうだな。アリスの言う通りだと思う。ヴェレット家の使用人として、王国の守衛に伝えに行ってくれ」

「かしこまりました」

「……少し待て、アリス」

「はっ、いかがなさいましたか？」

「紙とペンは持っているか？」

「私の普段使いでよろしければ」

「それで構わない。貸してくれ」

……これは万が一の保険だ。はっきり言って考えすぎかもしれない。それでも念を押しておくのが一流だろう。

「これも届けてくれ。頼んだぞ」

「……必ずや遂行いたします」

アリスは一礼すると、今度こそ窓から飛び降りて夜の街を駆けていく。

俺もまた彼女の手順を真似《まね》して、あちこちに飛び乗って、地面まで降りる。

死体が回収される前に確認したいことがあったから。

どうか勘違いであってほしい。

シェルバの死体に近づき、知りたかったことを確かめた。

そして、確信する。

「……やっぱりか」

俺の小さな呟《つぶや》きは夜風にかき消されていった。

◇　◇　◇　◇　◇

魔法学院の生徒たちを恐怖に陥《おとしい》れた事件はシェルバの嫉妬による暴走として処理され、あっけなく幕を閉じた。

多数の証言で奴《やつ》が荒れていた事実が確認され、【肉体強化《ドーピング》エキス】に手を出し、感情のままに実行に移したというのが国の見解だ。

マシロと俺の推測通り、昨晩襲われた中に死者はいなかった。

しかし、すでに行方不明になった生徒は守衛による捜索が行われたが見つかることはなかった。

行方不明者が出てはごまかしが利《き》かない。

ラムダーブ王国と各魔法学院は共同で声明を発表。

学院魔術対抗戦は中止となり、応援や観光に来ていた生徒も含め全員に帰還命令が出された。

代表生徒以外は時間がかかるだろうが、定期便などで。そしてマシロたち代表生徒たちも船に乗り、すでに出発している頃だろうか。

俺は、一張羅である純白のバトルコートをはためかせながら、歩を進めた。

影ばかりの暗い道を歩き、やっと光の差す場所に出る。

観客が誰もいない舞台の中央に一人。空を見上げている人物がいた。

「……来てくれたんだな」

「誰もいないからすっぽかされたんじゃないかと思いました。私が呼び出された側なのに。遅刻は感心しませんよ」

「これでも指定の時間より早く着いたんだが……」

「それで大切な話というのは何でしょうか？」

「結論を急《せ》くな。その前に一つ、明らかにしておくことがあるだろう——犯人のレイナ・ミルフォンティ」

そう言うと、黒のローブに身を包んだ彼女は貼り付けたような気持ちの悪い笑顔を浮かべた。

◆Stage-Sub◆ 最後の一日

月明かりさえも届かない地下の奥深く。

妖しく灯火だけが揺れる部屋に私とレイナは計画の最終確認を行っていた。

ここはレイナにとっても懐《なつ》かしい場所だろう。

とはいっても感情に浸る性格でもないか。

「準備はちゃんとできているんだろうね」

「……はい、滞りなく進めております」

「そうかい、そうかい。お前を拾って育ててやって、もう十年。やっと私の役に立てる機会が来たんだ。きっちりやるんだよ」

「……心より感謝を申し上げます」

その能面のように微動だにしない面の下でレイナは何を考えているんだろうねぇ。

自分の代わりとなる『器』が現れたともなれば、もっと取り乱してもいいものだが……ふん、所詮は人形か。

気味悪いったらありゃしない。

……まぁ、いいさ。こいつともあと少しの付き合いだ。

「必ず今回でマシロ・リーチェを手に入れる」

こんなにも私にとって好条件が揃《そろ》う機会は滅多にない。

ラムダーブ王国といういくらでも融通が利《き》く土地。

外部から邪魔の入りにくい他国から離れた島国。

実力者も私を味方だと思い込んでいるよその学院長だけ。

マシロ・リーチェをさらうには、まさに絶好なわけだ。

唯一の懸念点《けねんてん》はあのクソガキのわからない技術だろうねぇ。

そもそもあいつがマシロ・リーチェを手元に置かなければもっと簡単に事は済んでいたのだ。

つくづく私の計画の邪魔をする……！

「ったく……お前がヴェレットからもっと信頼されていれば摑《つか》めたかもしれないのに……」

「……誠に申し訳ございません」

「いいさ。そっちにはあまり期待していなかったから」

あんな色気の欠片《かけら》もない奴《やつ》を気に懸ける物好きもそうそういないだろう。

ヴェレットが侍《はべ》らせている周りの女子を考えれば、なおさら。

「……いよいよだ。私の野望の成就《じょうじゅ》も近い」

私は己の寿命が近づいているのを感じている。

昔から優秀な魔法使いの寿命は短いと相場が決まっていた。

過去にできていたことが老いのせいでやれなくなっていく日々は戦場よりも恐ろしかった。

嫌だ。私はまだまだ生きていたい。己の力を存分に振るいたい。

早く戻りたいものだ。若かりし頃の全盛期に。

「……最終日。自分が何をするべきか、わかっているね？」

「もちろんです。先生に命じられた言葉は忘れておりません。彼を――」

「――そうだ。必ず成し遂げなさい」

「……はい。私の命は先生のためにありますから」

◆Stage2-6◆
いちばんの笑顔

船のデッキに立ったボクは離れていくラムダーブの港を名残惜しく見つめていた。

なぜなら、いつもボクの隣にいる彼がまだあの島国に残っているからだ。

「……オウガくん。やり残したことがあるって言っていたけど何だったんだろう？　アリスさんは何か知ってる？」

「……いいえ。ですが、オウガ様はレベツェンカ様の船にお乗りになる予定です。そう時間はかからないでしょう」

「そうだといいんだけど……」

「今は海の景色を見て、気を紛らわせましょう。最後はいい思い出にした方がよろしいですよ」

「……そうですね！　そうします！」

アリスさんの言う通りだ。くよくよしていても仕方ないよね、ボクらしくないし！

……とはいっても、もう他の船も見えなくなっちゃったんだけど。

あれ～？　そんなに時間経《た》ったかな……？　ずっと港の方ばかり見ていたから、いつの間にか分かれちゃったのかもしれない。

……それにしても。

「……他に誰もいませんね。怖いくらい静かです」

「きっとみなさん心労で疲れてしまったのでしょう。部屋でお休みされていると思いますよ」

「――それは見当違いだねぇ、クリス・ラグニカ」

「あっ、学院長さん、こんにち――」

「――下がってください、リーチェ嬢」

いつもとは違う怒気がこもった声に思わず体が後ずさる。

見やればアリスさんは剣先を学院長に向けていた。

そして、その学院長の服は……真っ赤に染まっている。

「……っ！」

気がつけば防衛反応が働いて、魔法を唱える準備をしていた。

だけど……ガチガチと歯の音が鳴って、体の震えが止まらない。

そんな私の様子を見て、学院長は愉快そうに笑っている。

「私の殺気を受けても気を失わないとは……やっぱり才能がある器はいいわねぇ」

「……貴様、何をした？」

「この返り血を見てわからない？　私、嫌いなのよね。才能もないくせに、うるさい奴《やつ》らが。

まぁ、でも――」

――最後の泣き叫ぶ顔は結構好きよ？」

「――【斬華散撃《ざんかさんげき》】！」

「――【雷の剣舞・双《ダブル・サンダー・ロンド》】！」

「きゃぁぁぁっ！」

アリスさんの放った斬撃と学院長の撃った魔法が真正面から激突し、大きく船が揺れる。

ボクも転びそうになるのをなんとか柵に摑《つか》まって耐えていた。

「相変わらず変な技を使う。あなただけよ？　魔法使いに真っ向から立ち向かえる平民なんて」

「だったら、大人しく斬られていれば良《い》い」

「それは困る。私は死にたくない。老いは本当に嫌だ。いつまでも生きていたいんだよ」

「……それがリーチェ嬢を狙う理由か」

「……え？」

ボクを狙う……？　一体どういう……？

ダメだ……頭が混乱して、思考がまとまらない。

「ふん、あなたをわざわざマシロ・リーチェに付けるあたり、やはりあの生意気なガキは気づいていたみたいね」

「観念しろ。オウガ様はお前の悪事を全てお見通しだ」

「あなたの敬愛しているそのご主人様。私の弟子に殺されている頃じゃないかしら？」

「こ、殺す……？　レイナさんが、オウガくんを……？」

「ええ、そうよ。あいつはどれだけ私が尽くしてやっても出来損ないのクズだったけど、最後くらいは役に立ちそうね」

「……耳障《みみざわ》りな笑い声だ」

「……あなた。ずいぶんと強気だけど。その子を守りながら、私と戦えるのかしら」

アリスさんはチラリと目線だけこちらにやる。

そして、獰猛《どうもう》に笑って返した。

「……フッ、決まっている。オウガ様にリーチェ嬢を守れと命じられた。ならば、命を賭《と》してでもお前を殺すまでだ！」

「だったら、見せてもらおうじゃないか。【雷神の戦斧《ライトニング・ボルテックス》】！」

轟音《ごうおん》が鳴り響き、空が明滅する。

「────っ！」

次の瞬間、何本もの巨大な雷がボクたちめがけて降り注いだ。

◇◇◇◇

「……オウガ君はどうしてシェルバが犯人ではないとわかったんですか？」

「シェルバのローブについていた血だよ。死亡直後とは思えないほど乾き切っていた。おそらくあんなに肉体がボロボロになっていたのは、これを使ったせいだろう」

俺はポケットからシェルバの死体の横にあった【肉体強化《ドーピング》エキス】が入っている試験管を取り出す。

「こいつには俺も知識があってな。肉体に適合しなければ悲惨な結果を招くことを知っていたんだ」

「……それは想定外でした」

それもそうだろう。アリバンとの一件があってから、ヴェレット家で【肉体強化《ドーピング》エキス】について研究が行われていることはトップシークレットだからな。

「でも、それだけではシェルバ君が犯人でなくても、私が犯人ということにはなりませんよね」

「匂いだよ」

「……匂い？」

レイナは自身の体にスンスンと鼻を近づけるが、よくわからず首をかしげる。

「……私、くさくないですよ？」

「別にくさいとは言っていない。むしろ、良《い》い匂いだったからわかったんだ。お前にはありふれていても、俺にとっては特別な香り」

「なるほど……そういうことですか」

そこまで言えば彼女も気づいたようで、少しだけ悔しそうな表情を見せる。

「そう。ラムダーブ産の茶葉の匂いだ」

正確には茶葉と混ざったレイナの香りだが。

黒ローブを羽交い締めにしたとき違和感を覚えたのは、すでに嗅いだことのある香りがしたからだ。

……あのとき、手の匂いをしっかり嗅いでおいたのがファインプレーだった。

「お前の頭を撫《な》でて、確信したよ。全く同じ香りがしたから」

「……まさか匂いが決め手だっただなんて……オウガ君は本当に変態さんですね」

「その不審者を見るかのようなまなざしはやめろ。……お前が犯人だと仮定すると、全てが違和感なく当てはまったよ」

学院長という猛者《もさ》たちが倒されたのも味方だと思っていた人物の不意打ちだったから。

扉に触れていたのを見せたのも、俺たちにレイナが部屋の中にいると思わせるため。

黒ローブのとき、部屋に入るのを執拗《しつよう》に防いだのは中が空っぽであることを気づかせないため。

「アリスの攻撃を受けた直後、【火炎の爆弾《フレイム・ボム》】を撃ったのも一時的に視界を塞ぐためだ。その隙にお前は火をつけたローブを空から落とし、あたかも攻撃を受けて落ちたかのように見せかけた。元々、あの位置にシェルバの死体を置いておけば、奴《やつ》が落下死した現場のできあがりだ」

シェルバの髪色は黒で、身に纏《まと》っていたのも黒のローブ。夜では気づきにくい配色だ。

生徒たちも部屋に押し込められ、教師も内部に気をとられていたなら、なおさらに。

「その後、部屋の中に入り、気を失ったふりをして俺たちの突撃を待てば……全て完璧というわけだ」

それらを全て説明すると、レイナはパチパチと拍手する。

「オウガ君は公爵家の当主よりも推理作家の方がお似合いかもしれませんね」

「皮肉か？　解けていない部分もある。どうして複数魔法適性保持者《デュアル・マジックキャスター》でもないお前が炎属性の魔法も使えたか」

「あら、本当です。オウガ君はどう考えますか？」

「……推測だが【肉体強化《ドービング》エキス】があるなら、魔法に関する強化薬があってもおかしくないだろう」

「……正解です。これで言い逃れができなくなってしまいました。どうしましょうか、オウガ君？」

「そう言うわりには全く気にしてなさそうだが？」

「……そうですね。オウガ君の言う通りです」

彼女の語気は非常に弱々しい。

なのに、表情は笑顔とちぐはぐなことになってしまっている。

「だって、私はここであなたを殺しますから」

「フローネに頼まれたから、か？」

「違います。先生は関係ありません」

「レイナ。俺はお前の本音が聞きたい」

「フフッ、おかしなことを言いますね。私は、きちんと私の意志で話して」

「だったら、どうして俺から逃げようとするんだ？」

「……えっ」

俺に指摘されるまで彼女は自分が後ずさっていることに気づいていなかった。

つまり、無意識にとった行動。

心の奥深くに沈んでいる本当の気持ちが、彼女の脚を動かした。

今までの俺の行動は無駄じゃなかったんだ。きちんと彼女に響いていた。

心を開いてもらうために俺が隠し事をしてはいけない。

俺も嘘偽《うそいつわ》り一つない本音をぶつけていく。

「レイナ——俺はお前が欲しい」

「……嘘《うそ》はダメですよ。オウガ君が私を欲しがる理由なんてないじゃないですか」

「そうか。なら、一つ一つ説明してやろう」

昨晩、俺はずっと考えていた。

彼女を手に入れるために俺がなすべきことは何なのか。

たどり着いた結論は二つ。

一つはフローネという呪縛から彼女を解放してやること。

もう一つはレイナ・ミルフォンティという存在を肯定して、受け入れてあげることだ。

「俺はレイナの気遣いができる性格が好きだ。いつだって周囲に目を配っていたな。そういった優しさを兼ね備えていることを知っている」

それこそ適当で良《い》いのに俺たちにしっかり業務を教えてくれた。

発足式だってマシロを気に懸けていたし、ラムダーブ王国に着いてからも引っ張ろうとしてくれたな。

「そんなの全部演技ですよ。あなたたちの信頼を得るための仮面で」

「演技だったらダメなのか？　演技で作り上げた仮面もお前の一部だろう。だから、俺は肯定する」

この演技をしている性格だって、彼女が生きていく上で必要だったから生み出されたもの。だったら、それもレイナ・ミルフォンティであることに間違いはないのだ。

無意識に演技くさい彼女をいらないと決めつけていた過去の俺を殴りたいくらいだね。

「レイナのふとしたときに見せるクスリと微笑《ほほえ》んだ顔が好きだ。お泊まり会で見せてくれた真っ赤に照れた顔も可愛《かわい》かった」

「……違うんです。それも楽しいフリをしていただけで……」

「だったら、今度こそ本当の笑顔を引き出してみせる。もっとレイナが欲しくなったな」

俺はレイナに一歩ずつ歩み寄る。

そのたびに彼女は一歩ずつ後ずさる。

一向に縮まらない距離。だけど、やがて限界は来る。

「あっ」

幾度の言葉の投げかけを経て、ついに彼女の背が壁に付いた。

「レイナの淹《い》れてくれる紅茶が好きだ。お前の紅茶は人の心を温かくしてくれる。毎日飲んだって飽きやしない」

「……あんなの誰だってすぐにできます。練習だってしていません。こうやってお人好《ひとよ》しのオウガ君を騙《だま》すために紅茶を使っただけで」

「それが嘘《うそ》だってことはバカにだってわかるさ、レイナ」

そう言って、俺は震える彼女の手を取る。

紅茶の匂いがしみこんでしまった彼女の手を。

「レイナがずっと紅茶を好きでいてくれたから、俺はここにいる。こうやって向き合って語り合える」

「……ダメなんです、オウガ君。もう私はダメ……っ」

「いや、今からだ。俺たちは今から始まるんだ」

「──もう遅いんですっ！」

腹の奥底から出てきた悲鳴のような叫び声が耳をつんざく。

「ぐっ……⁉」

俺の手を振り払ったレイナの蹴りが脇腹に突き刺さる。

その細身からは考えられない脚力に耐え切れなかった俺は砂煙を上げながら地面を転がった。

……そうか。今ので確信したよ。彼女の肉体の秘密を。

「レイナ、お前……」

「……これを見ても、まだオウガ君は私が欲しいと言えますか？」

ローブを脱ぎ捨てたレイナはプツリ、プツリと一つずつ制服のボタンを外していく。

そして、あらわになる埋め込まれたまがまがしい機械と管の数々。

胸部につながれた機械には見覚えのある緑色の液体と知らない赤色の液体が入った瓶が取り付けられていた。

「醜いですよね？　気持ち悪いですよね？　こんな女」

レイナの指は機械をなぞり、管を伝って、己の胸を叩《たた》く。

すると、決して人体から出るはずのない金属音が鳴った。

「私の体はもうグチャグチャ。体が壊れないように何本も鉄が入って、肉を削って、成長も衰えもしない。人間じゃない。人形なんです」

震える声。漏れ出そうになる嗚咽《おえつ》を噛《か》み殺《ころ》して、彼女は己の頬に人差し指を当てる。

「……もう普通の人生を歩むことなんてできない……。ずっとわかっていたのに……あなたとの時間のせいで、こんなに苦しんで……」

ボロボロになった仮面を、それでもまだレイナは被《かぶ》ろうとする。

「もし、オウガ君が私を思ってくれるなら……ここで死んでください」

「……俺が死んだらレイナは幸せになるのか？」

「はい、そうです。先生に褒められて、私は幸せに――」

「――だったら、俺を殺してみせろ」

「……【雷光《サンダー》】っ！」

レイナから放たれた見事な【雷光《サンダー》】は一直線に俺を捉える。

「ぐぅっ……！」

ほとばしる電流が全身を駆け巡る。

体の内が焼かれるような感覚に襲われ、グラリと視界が霞《かす》む。

……歯を食いしばれ！　漢の見せ時だぞ、オウガ・ヴェレット!!

「……いい一撃だ」

「……どうして……？」

「どうして【魔術葬送《デリート》】を使わないとでも言いたげだな」

そんなの答えは一つに決まっているだろう。

「俺はお前の攻撃を避けるつもりはない」

この攻撃は彼女の気持ちだ。

彼女を受け入れるなら、この気持ちから逃げてはならない。

だから、また一つ俺は彼女のことを知れた。

「おかげでやっぱりレイナは優しいって再認識できた」

「何をバカなことを……私はあなたを攻撃して【魔術葬送《デリート》】でダメージを受けないで済むように」

「ああ。魔法で攻撃したんだ。俺が【魔術葬送《デリート》】のことを知っている。

彼女は俺の【魔術葬送《デリート》】のことを知っている。

本当に俺を殺したいならば先ほどの蹴りのように物理攻撃を放つべきだった。

「また一つ。お前が欲しい理由が増えたよ、レイナ」

そう言って、俺は再び足を踏み出す。

離れてしまった彼女との距離を埋めたいから。

「……っ！　【雷の十六矢《サンダー・アロー》】！」

「あぁぁああっ……!!」

雷の矢が突き刺さり、筋組織を焼き切るような熱に襲われる。

その場に倒れてのたうち回りたくなる気持ちを、爪を肌に食い込ませて堪える。

……レイナと出会った頃の俺が、今の俺を見たならばどう思うだろうか。

放っておいて悠々自適に暮らせば良《い》いのにと、きっと鼻で笑うだろう。

だけど、今の俺は彼女を救うと心に決めたのだ。

前世と違って、好き勝手にやりたい放題したいと俺は悪役を目指した。

だったら、これも俺がやりたいことだ。

俺は俺自身の信念に従い、レイナを救いたい……!!

「立たないで！　本当に私はあなたを殺しますよ！」

「クックック……上等だ。やってみたらいい」

「……【雷の剣舞《サンダー・ロンド》】！」

「――――っ!!」

奥歯が削り切れるくらい食いしばって、声を出さないようにする。

代わりに体が悲鳴を上げて、脳へと危険信号を送っていた。

世界によって与えられた肉体をもってしても限界を迎えようとしている。

自分が踏み出している足が右なのか、左なのか。

その認識さえあやふやで、ただ倒れてはいけないと。

それだけの意識でまっすぐレイナの元まで足を進める。

「どうして立ち上がるんですか……？　本当に……このままじゃオウガ君は死んで……」

「……レイナ、が……欲しいから」

「まだ、そんな戯《ざ》れ言《ごと》を言ってるんですか……？　私は罪を犯して、みなさんを騙《だま》そうとした女ですよ？」

「俺の気持ちを決めるのは、俺だけだ」

「……きっと人々だって黙っていません。私をかくまったらオウガ君の評判だって悪くなります」

「世間が許さなくても、俺が許す。世界が敵になっても、俺は……お前の味方だ」

「……もう……そんな言葉で……あなたの優しさで……」

肩をふるわせるレイナ。

ギリリと握りしめられた拳を彼女は大きく振り下ろした。

「私に希望を見せないで……!!」

――パシンと乾いた音が響く。

俺の突き出した手のひらと彼女の拳がぶつかり合った音だ。

「なっ……!?」

「……やっとお前から歩み寄ってくれたな、レイナ」

ずっと後ろに下がってばかりだった彼女が初めて前へと踏み出してくれた。

合わなかった視線が、レイナとやっと重なり合う。

「お前がどれだけ自分を否定しようと俺がお前を肯定してやる。その体だって、全部まるごと俺はお前を受け入れる」

「…………本当に？」

「オウガ・ヴェレットの名にかけて」

「……なら」

「……オウガ君は私の過去も全て受け入れてくれるんですか？」

◇　◇　◇　◇　◇

私はラムダーブ王国という小さな島国に生まれた。

ここは他国からも離れており、土地も小さかったから、争いもなく平和に暮らしていた。

私の家族だってそうだった。

パパとママは紅茶の葉っぱを作る仕事をしていて、私と妹のメアリは時々手伝ったりする。

「パパ、ママ、聞いて！　レイナね！　今日学校ですごく魔法の才能があるって褒められたんだよ～！」

「へぇ、そうなの。じゃあ、レイナは立派な魔法使いになれるわね」

「メアリも！　メアリもお姉ちゃんみたいになる！」

「そっかそっか。きっと二人ともパパに似て優秀だから、もっと凄《すご》くなるぞ～！」

「それだけはないわね」

「そんなこと言わないでよ、ママ～！」

抱きつこうとするパパをママが顔を押さえて突き放す。

だけど、ママも本気で嫌がっていない。私とメアリの前でするのが恥ずかしいだけなのは秘密だって教えてもらった。

「あははっ！　ん～、でもね、レイナは魔法使いになるつもりないの」

「え～、なんで？　もったいない」

「だってね……レイナ、パパとママみたいな仲よしな家族を作りたいから！」

「……パパ」

「うん、ママ……レイナ～！　大好きだぞ～！」

「ママも抱きついちゃおっ！」

「メアリも、お姉ちゃんと仲よし～！」

その日にあったことを話しながら、みんなで食べるご飯はすごく美味《おい》しかった。

幸せだった。こんな毎日を積み重ねて、大きくなっていくんだと疑わなかった。

あの悪魔がやってくるまでは。


轟々《ごうごう》と燃えさかる炎があちこちに立ちこめている。

泣き声があちこちから聞こえてくる。

あれ……？　私、何しているんだろう……？

「メア……ゴホッ！　ゴホッ……！」

声を出そうとすると、喉が焼けるように熱くて、痛くて上手《うま》く出てこない。

水……水が欲しい……。

わけもわからぬまま本能に従って、井戸水を汲《く》みに行こうと外に出る。

すると、一人の女の人がいた。

「……ったく、お前たちがさっさと寄越せば、島もこんなことにならずに済んだのに」

機嫌が悪そうにつばを吐き捨てるその人の足下には丸焦げになったパパとママの姿があった。

「パパ……？　ママ……？」

近寄って、顔を触る。とてもざらざらとしていて、返事もしてくれない。

「ん……？　ほう、お前だね。レイナっていうのは」

「だ、だれですか……？」

「そんなことはどうでもいい。ん～……まぁまぁだが、初めにしてはちょうど良《い》いか。よし、決めた」

よくわからないことを言いながら女の人は私の髪の毛を摑《つか》んで、どこかへ連れていこうとする。

「い、いたいっ！　はなして！」

「あー、もうガキはやっぱりうるさくて敵《かな》わないね、静かにしなさい」

「パパァ！　ママァ！」

いくら泣き叫んでも二人は助けてくれない。

もう死んでしまっているから。

遠くなっていく二人の姿。だけど、それは急に止まった。

「ダメ……おねえちゃ……連れていかないで……」

メアリが女の人の脚を摑《つか》んでいたからだ。

「……やっぱり娘は親に似るんだねぇ」

「みんな……いっしょでなか、よし……がゆめだから……」

「そうかい。じゃあ、先にパパとママと一緒に待っておきな」

「あっ」

目の前が光って、目を開けばメアリがパパとママと一緒になっていた。

「あぁぁぁぁぁあああああああ!!」

そこからは何も覚えていない。


目が覚めると、私の胸とお腹《なか》に変な機械が埋め込まれていた。

その日からフローネ先生が魂を移し替えるための『器』としての人生が始まった。

最初に言われたことが一人称を「私」に変えること。殴られたくないので、従った。

次に永遠に若い肉体でいられるように体の中にいっぱい機械を入れた。殴られたくないので、従った。

それからは『器』の候補として実験を受ける日々を繰り返す。

フローネ先生は私をよくクズだったり、出来損ないだったり言うけれど、他の連れてきた子たちみたいに破棄はしなかった。

多分、私がいちばん言うことを聞くからだと思う。

泣かないし、叫ばないし、反抗しない。
痛いのは嫌だったから、感情は全て捨てた。
先生は魔族の襲撃からラムダーブ王国を救った英雄だったことになっている。
写真に写る先生と握手する王様は見たこともない人だった。
初めて紅茶を淹《い》れると先生に「まぁまぁ」だと褒められた。
それからは美味《おい》しく紅茶を淹《い》れる勉強をした。
先生に褒められることはなかった。
無表情は気味が悪いと言われたので、いつも同じ笑顔を浮かべるようになった。
気味が悪いと殴られた。
だけど、破棄はされなかった。

レイナであった部分を捨てていけば、私は破棄されずに済む。
生きる意味が全て先生のために切り替わっていく。
先生のためにご飯を食べて。先生のために勉強して。先生のために弟子を演じて。
先生のために、先生のために、先生のために………。

先生が私の代わりとなる『器』を見つけた。

◇◇◇◇◇

「……私は自分の生き方がわからないの」

彼女の口から語られた過去は、境遇は俺の想像を遥《はる》かに絶するものだった。

俺の想像など児戯に等しい所業の数々。

フローネ・ミルフォンティは英雄などではない。奴《やつ》の本質は自己中心的で、己のためなら犠牲をなんとも思わない悪魔だ。

「レイナという自己はとっくに消えて……紅茶を淹《い》れることだって自分がやりたいからなのか、先生のためなのか判別がつかない……」

……そうか。道理で俺の言葉が彼女に届かなかったわけだ。

俺が持ち合わせていた覚悟はあまりにちっぽけで、頼りなかった。

「私は……私は先生のためにずっと生きてきた……！　家族も！　普通の人生も！　全部全部奪われて！」

ドンと強く突き飛ばされ、あっけなく尻餅をつく。

己の未熟さと彼女へ投げかけた言葉の想《おも》いの薄さが情けなかったから。

「……ねぇ、オウガ君」

「……なんだ？」

レイナは両腕をこちらへと向けている。

「私のことを思ってくれるなら……ここで殺されてくれませんか？」

……そうだよな。彼女の言う通り。死んだ方がマシだ――

「――断る」

――さっきまでの俺ならば。

そんなことで諦めるほど俺の気持ちだって柔じゃない。

足りなかったならば、今一度覚悟を決め直そう。

レイナ・ミルフォンティの全てを背負う気持ちで俺は彼女に言葉を投げかける。

「俺を殺してもお前は幸せになれない」

「言ったでしょう⁉　私の全ては先生のためにあるって！　どうしてわかってくれないんですか⁉」

「レイナが泣いているからだよ」

心をせき止めていた彼女の仮面はもう役に立たない。

彼女の本心が外へとあふれ出していく。

「な、なんで泣いて……？　私は、オウガ君を倒して、倒さないといけないのに……」

「それは違う。もう自由になっていいんだ」

「違わない……！　これが私の意志……そう、きっとそうだから……」

過去に苦しめられた彼女がいちばん過去にすがっている。

それは最後の最後で心に深く植え付けられたフローネへの恐怖心が、レイナを支配しているからだ。

だったら、俺が彼女のためにしてあげられることは一つ。

「レイナ――俺にお前の最大の魔法を撃ってみろ」

ピタリと彼女の動きが止まる。

混乱し、焦点の合わない瞳が俺へと向けられる。

「……ほ、本気で言っているんですか？」

「ああ、俺を殺したいんだろう？　だったら、やってみせろ」

「わ、私はあなたの技のからくりも知っている……！　【魔術葬送《デリート》】を使ったとしてもこの攻撃を受けたら、死ぬんですよ⁉」

「『死の可能性』は俺が諦める理由にはなり得ない」

俺には覚悟を見せる必要がある。

レイナを、フローネから、世界の邪悪から守り切る覚悟を。

「言っただろう。俺はお前が欲しいと」

これは信念の戦いだ。

彼女がこれまでの人生で守ってきた『先生のため』という呪縛《しんねん》と俺が新たな人生で築き上げてきた信念。

ここで打ち勝ち、彼女にオウガ・ヴェレットという覇道を示す。

「そのためにも証明しよう。お前では俺を殺せないことを」

「……って」

立ち上がって、彼女の瞳を射貫《いぬ》く。

ここに撃てと、己の心臓を思い切り叩《たた》いた。

「俺が膝をつくことはない！　レイナをこの手に掴《つか》むまで、決して!!」

「黙って!!」

埋め込まれた機械の稼働音《かどうおん》が鳴る。

試験管の液体の量が減るのに比例して増大していくレイナの圧。

手のひらへと収束していく光は輝き、彼女の腕を纏《まと》うようにバチバチと電気がはじけていた。

……ここまでの魔力は初めて感じたな。

受けてはならない。避けろと本能が叫んでいる。

耐え切れるかどうかは神のみぞ知るといったところか。

これから後悔を持ち続けるよりも、悔いなく散った方がいい。

それに――こんなところで死ぬつもりはさらさらなかった。

「……オウガ君。何か最後に言い残すことはありますか？」

「ない。すぐ言葉を交えることになるからな」

「……そうですか。……オウガ君。あなたとの時間、楽しかったですよ」

そう言ってくれた彼女は涙をこぼしたまま、俺を殺すための魔法を解き放った。

「――【超伝導雷魔砲《レールガン》】!!」

刹那、光の奔流が俺を呑《の》み込《こ》むように襲いかかる。

何かを考える前に衝撃が全ての思考を吹き飛ばした。

◇◇◇◇◇

解き放たれた光の大砲はオウガ君ごと後ろの壁を削り取り、一瞬の静寂が辺りを包む。

数瞬遅れて、鼓膜を破るような破壊音が響いた。

「……はぁ……はぁ……」

自信を持って言える、全力を振り絞った一撃。

体の魔力が空っぽになった影響で襲いくる疲労感に座り込んでしまいたかったけど、私はまっすぐ彼がいた場所を見つめる。

濃く砂煙が立ちこめて、彼の姿は捉えられない。

……それもそうですよね。強化が施されたあの魔法を受けて、無事でいられるわけがない。

そんなの誰にだってわかる事実。

さっさと死体を確認して、先生に彼の死亡報告をすればいい。

「……これでよかったんです」

彼の立っていた場所から目をそらし、彼を殺した手を見やる。

あの時間は私が見た儚《はかな》い夢。

『……オウガ君は誰にでもそんなことを言うんですか？』

『そんなわけないだろう。俺にとって特別な相手にだけだ』

これまでの人生のように、ただ無機質に忘れ去ればいい。

『お前はどこにも行かせない。必ずここに戻ってきてもらう』

『そのために俺は全力を尽くそう。どんな手を使ってでも無事にこのメンバーで生徒会として集まる。俺たちの前に立ちはだかる困難も打ち払ってみせる』

私は私自身が望んだ通り、先生の元へ戻って今まで通りの人生を歩む。

『わかった。なら、レイナの紅茶を希望する。あれは本当に美味《おい》しかった』

……なのに、どうして……。

『俺はお前が欲しい!!』

どうして……涙が止まらないのだろう。

「……オウガ君……」

「……ァ」

「……え？」

……聞き間違いだろうか。

いま確かに……彼の小さな声が……。

声がした方向を私は直視せずにいた。

空耳だと信じたかったのか。それとも彼の死を現実として確定させたくなかったのか。

「──俺の、勝ちだ……レイナ」

だけど、彼の言葉で私は否応《いやおう》なしに顔を上げさせられる。

「ぁ……あぁっ……」

そこには間違いなくオウガ君が立っていた。

彼は右足を引きずりながら、まっすぐこちらへと歩み寄ってくれる。

フラフラとダメージで体が揺れているのに、その姿は今まで見てきた何よりも雄大に映って。

決して道を違うことなく、私の元へ。

怒るでもなく、ただ柔らかく微笑《ほほえ》んでオウガ君は私の手をそっと握る。

「……約束通り摑《つか》んだぞ、レイナの手」

そう言って、彼は倒れるように私にもたれかかった。

私は動けなかった。

近くだとよくわかる、彼の体の傷。立派な服はボロボロになり、露出した肌にはひび割れた傷が目立つ。

これは全部、私がつけたものだ。

なのに、私に抱きしめられる価値はあるのか。抱きしめ返す資格はあるのか。

【回復《ヒール》】さえかけてやれない役立たずに。

グルグルと思考が負の迷路へと迷い込んでいく。

「──レイナ」

「あっ……」

そんな迷いが全て無意味になったのは、オウガ君が私の頭を撫《な》でてくれたから。

「心配しなくていい。俺はそばにいる」

脳裏にこびりついた先生の怒声と浴びせられた暴力の記憶。

いつもなら思い返すだけで胸が苦しくなるのに、今は少しも怖くない。

私を守るようにぬくもりが包んでくれている。

「ゆっくりと道を歩いていこう。お前はお前のままでいいんだ、レイナ」

私はどこに続くかもわからない未来を歩むのを恐れていた。

先生という拠《よ》り所《どころ》を失ったら私は何のために生きているんだろう。

なによりあの日。パパにママ、メアリが死んだ意味がなくなるんじゃないかって。

そんな私は生きている価値があるのかと、ずっと考えてきた。

「俺はありのままのお前が欲しい」

「……はい……私も……」

だけど、もう迷わない。

「私も……オウガ君と一緒に生きたいです……」

◇　◇　◇　◇

あぁ……体のあちこちが痛い。……いや、もう半分くらい感覚がなくなっているな、これ。

まぁ、今はなんとか命があるだけよしとしようか。

きっとレイナの放った魔法の爆発音で誰かがここまでやってくるはずだ。

欠損さえしていなければ元に戻る。

今はそれよりも腕の中にあるぬくもりを感じていたい。

「……」

穏やかな表情を浮かべているレイナ。

彼女との勝負は一か八かの賭けだった。

大会前に実技棟でマシロに協力してもらい、物理攻撃だけではなく魔法にも効力があると判明した魔力を巡らせる肉体強化方法――【限界超越《ギア・チェンジ》】。

まだ全魔力を使用した経験はなかったが、なんとか俺の肉体は形を保ってくれた。

頑丈に生んでくれた母上に感謝しなければいけないな。

「……あの、オウガ君」

「なんだ？」

「……私はオウガ君のために何をしたらいいですか……？　その……こんな体ですけど、一応男性が好むことはできますけど……」

「……女の子がむやみやたらと胸を晒《さら》すものじゃない」

「ご、ごめんなさい……」

彼女はわかりやすく落ち込みながら、制服のボタンを留める。

……別に怒ってないんだけど、しばらく言葉遣いに気をつけた方がいいな、これは。

「……今は難しく考えずに好きに生きたらいいさ」

「その……慣れるまででいいので、初めのうちだけ指標が欲しいと言いますか……」

「指標か……。やはり紅茶の研究とかじゃないか。俺も毎日レイナの紅茶が飲みたい」

俺とレイナにぴったりなことといえば、これだろう。

悩む必要もない。

「……ふぇっ」

「ん？　何か変なこと言ったか？」

「い、いえ……そうですよね。ずっと一緒にいると言ったんですから、そういう関係になるはず……。ち、ちなみに、それはどういった理由で……？」

「レイナの紅茶はとても美味《おい》しかったから」

「──っ。……嬉《うれ》しい……」

……なんだ、そんな表情もできるんじゃないか。

今まで見せたことのない表情をしていることに彼女は気づいているのだろうか。

もうお前は前進している。

今の気持ちを、顔を、彼女が忘れませんように。

「クックック。その笑顔がいちばん似合うぞ、レイナ」

そんな願いを込めて、俺は彼女の頬を指でつついた。

◇◇◇◇

私の魔法は確かにクリス・ラグニカを葬《ほうむ》るだけの威力があった。

だが、奴《やつ》とマシロ・リーチェは無傷のままで立っている。

それも全てこいつらが防いだからだ……！

「フッ、愛息の大切な人を放置しておくわけにはいかないだろう」

「まさか本当にお前の言う通り、【雷撃のフローネ】が凶悪犯だったとはな」

「付いてきてよかっただろう、エンちゃん」

「学生時代のあだ名で呼ぶな、ゴードン！　エンジュと呼べ！」

ヴェレット公爵家現当主、ゴードン・ヴェレット。

レベツェンカ公爵家現当主、エンジュ・レベツェンカ。

それぞれ指揮を執る役職は違えど、どちらも昔から魔法で腕を鳴らしてきた奴《やつ》らだ。

「ちっ……なぜお前たちがいる⁉」

「息子から手紙が届いたのさ。まさかラムダーブにいるのがバレているとは」

そう言って、奴《やつ》が懐《ふところ》から取り出した紙にはこう書かれていた。

『父上。明日、一日だけマシロ・リーチェを見張っておいてください』

「私もたまたまラムダーブ……いや、あなたに用があって来ていたんです。もしもの事態を考えて、エンジュを引き連れてね」

「我が国の英雄であるフローネ・ミルフォンティを疑うとはついにおかしくなったと思ったが、どうやらおかしくなったのはあなたの方だったみたいだ」

「すでに工場の方は押さえた。後はあなた……いや、貴様を捕らえて終わりだ」

「………」

元聖騎士団総隊長に現役の公爵家当主二人、そこにデュアル・マジックキャスター。

……流石《さすが》の私も分が悪いか。

ただでさえ老いが来ているこの体に、万が一があってはならないのだ。

「……いいだろう。今日だけは見逃してやる」

「ずいぶんと上からの物言いだ。逃げられると思っているのか？」

「正面衝突を避けたいのは、お前たちも同じだろう？」

ゴードンとエンジュの眼光が鋭くなる。奴《やつ》らもわかっているのだ。

このまま戦えば互いに浅くない傷を負うことを。その上、確実に勝てる保証もない。

それほどに【雷撃のフローネ】の名は伊達《だて》ではないし、その彼女をもってしても老いた身で四人を相手取るのは分が悪いということだ。

最善手は剣を収める一択。

「……今度会ったときは必ず捕まえる。覚悟をしておけ」

「できるものならやってみるといい。……さて」

私はクリス・ラグニカに守られるようにしている器候補《マシロ・リーチエ》へと目をやる。

「また会おう、小娘。必ずお前を奪いに来る」

「……そうはなりません。だって、オウガくんがあなたを倒すから！」

「フッ、ずいぶんと盲信しているようだ。まぁ、いいだろう。その日を楽しみにしているよ」

次こそはあんな不完全な代用品《レイナ》じゃなくて、私の魔力に耐えうる器を手に入れてみせる。

奴《やつ》らのにらみつける視線を受けながら、そのまま海の中へと飛び込んだ。

◆エピローグ◆

ヴェレット家には使用人も知らない秘密の部屋がいくつか存在する。

機密情報を外部に漏らさないよう管理するために作られたものだ。

代々当主のみが口伝で引き継ぎ、仕事場として使うわけだが今日はその一室に客人を招き入れていた。

「……あとで殺されたりしないだろうな」

「アッハッハ！　面白い冗談を言うな。安心していいとも。私はエンちゃんを信じている」

「……今回ばかりは酒の場ということで流してやろう」

「寛大な措置に感謝するよ、レベツェンカ公爵」

そう言って、私は空いている彼のグラスにワインを注ぐ。

彼は眉をひそめたが、気持ちを沈めるかのごとく一気に呷《あお》った。

「……わざわざこんなところに呼び出したんだ。顛末《てんまつ》を聞かせてもらえるんだろうな」

「もちろん。……誰にも聞かれてはいけない話だ」

なにせ相手が我が国の英雄【雷撃のフローネ】。

私たちもお世話になった相手が重犯罪に手を染めていたのだから。

しっかりと事前に準備をし、混乱に対する対策を講じてから世間に公表すべきだ。

「そもそも私はお前に急に連れ出されたわけだが……初めからフローネを怪しいと踏んでいたのか？」

「ああ。とある筋からのたれ込みでな」

きっかけは【肉体強化《ドーピング》エキス】についてのアリバンという男からの情報提供。

彼は己の罪を自白し、【肉体強化《ドーピング》エキス】の危険性、そしてこれを売りさばいている業者についての情報を教えてくれた。

そして、なぜ悪徳領主と世間には通っている私に相談に来たかというと……アリバンを改心させたのが我が息子で、その父親ならば信頼できると思ったからだそうだ。

そこまで説明すると、彼は苦虫を嚙《か》み潰《つぶ》したような表情になる。

「……またお前のところのガキか」

「いやぁ、本当に優秀な子供を持って嬉《うれ》しい限りだ！　エンちゃんも娘の婚約者がこんなに立派で嬉《うれ》しいだろう⁉」

「…………いいからさっさと続けろ」

ハッハッハ。相変わらず素直じゃないねぇ。

「その業者をたどっていくうちに、私は製造元がラムダーブ王国にあることに気づいた。そこで疑問に思ったんだ。国の未来を憂い、人材育成に力を入れている彼女が親交の深いラムダーブ王国で行われている悪事に気づいていないことがあるのだろうか、とね」

「それで私だけ連れて極秘に潜入を行ったわけか」

「ああ。もっともフローネが関わっている確証はなかった。私の仮説に自信を与えてくれたのは」

「………」

「そう！　エンちゃんの言う通り、私の愛息のオウガだ！」

「何も言ってないだろうが」

「表情が何より語っていたよ」

息子が送ってきた手紙には『父上。明日、一日だけマシロ・リーチェを見張っておいてください』と書かれていた。

このとき、フローネの企《たくら》みにすでに気づいていたのだろう。

でなければマシロさんの見張りを頼む必要がない。息子は何らかの理由でマシロさんが狙われていることがわかっていた。

そして、自身はレイナ・ミルフォンティの説得に向かい、見事に成功させて一人の少女を救ってみせた。

思い返せば息子から貰《もら》った手紙に『レイナ・ミルフォンティを連れて帰る可能性』について

も言及していたな。

この件についてオウガは私たちより何倍も先を行っている。

フッ……息子の成長を間近で見られるのはとても喜ばしいことだ。

今度、オウガとも詳しく話を交えなければいけない。

「……ふん。あの結末についてただの親馬鹿だからだと思っていたが、ちゃんと理由があったのだな」

「そうだとも。功労者にはきちんと褒美《ほうび》を与えてあげなければならない。――だから、今回の手柄は全てオウガのものにすることにした」

もちろん理由はそれだけじゃない。私は今後も悪徳領主を演じなければならない。

国のために動いたという褒賞《ほうしょう》はいらないのだ。

あくまで息子のしたことととシラを切ればまだ猶予がある。

私たちがラムダーブ入りした事実は一部の者しか知らないわけだから今回の事件と私を結びつけるのは無理だろう。

「なにより私たちはフローネを取り逃がすという失態を犯してしまった。あの状況だったとはいえ、これはとんでもないミスだ」

「……ふん。そういうことにしておこうか」

「それにエンちゃんも娘の婚約者に箔《はく》が付くのは嬉《うれ》しいだろう？　んん？」

「ハハッ。いろんな感情が混ざって、すごい表情になっているよ」

久しく見る友人の様々な表情に気分がよくなって、私もグラスを傾ける。

「……これは戯《ざ》れ言《ごと》だと思って聞いてくれていい。……私はオウガはいずれ国のトップに立つ人材だと思っている」

「お前……それはいくらなんでも不敬がすぎるぞ」

「フフッ。誰よりも王族の血を欲しがっていたエンちゃんが言っても説得力がないさ」

「……どこぞの馬の骨に邪魔されたがな」

「あのまま泥船に乗るよりかはマシだったんじゃないか？」

「…………」

私の意見に同意しているからこそ、彼は何も言わない。

ずっと前からアルニア王太子では国はよくならないというのが仕える者たちの総意だ。

カレン・レベツェンカとの婚約破談でアルニア王太子への希望はなくなった。

だからこそ、彼を操り人形にし、権力を摑《つか》もうとどの貴族も躍起になっている。

もちろん国王様もそれには気づいて頭を悩ませていたが……そこに現れた救世主的存在。

「今回の一件でオウガの名声は今まで以上に轟《とどろ》く。そして、もしオウガがフローネの討伐に成功したならば……」

「…………」

「……お前の息子は国を救済する【聖者】となる、か」

「というわけだから、昔みたいに仲よくしようじゃないか。エンジュ・レベツェンカ公爵?」

「……はぁ。昔も今もお前がずっと絡《から》んでくるだけだろうが、ゴードン・ヴェレット公爵」

彼は己の漏らしたため息を打ち消すかのように、私が差し出したグラスに自分のグラスをコツンとぶつけた。

◇◇◇◇

時の流れは早いものでラムダーブ王国での一件から、すでに二週間が経《た》とうとしていた。

疲れた体を癒やしたかったが、時間は待ってくれない。

特に大きく揺れたのが世界情勢。

フローネ・ミルフォンティが凶悪犯として指名手配されたのだ。

アンバルド国王はロンディズム王国の威信に懸けて、迅速に奴《やつ》を捕らえて、死刑にすることを宣言した。

フローネは俺が考えている以上の極悪。いや、吐き気を催す邪悪とは奴《やつ》のような人物を指すのだろうな。

なんでも父上は以前からフローネにきな臭さを感じていたらしい。

奴《やつ》が学院魔術対抗戦に取りかかっている隙を見計らって発見したのが【肉体強化《ドーピング》エキス】や【魔力増強《マジック・ドーピング》エキス】を調合する工場と非合法的な人体実験を行っていた部屋。

その後、俺の手紙を受け取った父上は同行していたカレン父と、マシロたちの救出に向かってくれたとのこと。

ラムダーブにいたことについては、父上の家族溺愛っぷりや常識ではない返信速度を考えれば思いつく。

本当にこれには感謝しかない。

カレン父の行いがこれでチャラになるとは思わないが、お礼はちゃんと言いに行こう。それとこれとは別だ。

おかげで俺は何も失わずに毎日を過ごせている。

……いや、失ったか。自由を。

「はぁ……どうして俺が生徒会長に」

フローネの所業が広まってからレイナにも嫌疑がかかったが、彼女の境遇も考慮して無罪となった。

レイナはそもそも被害者で、生きるためにしなければならなかった点が情状酌量された形だ。

そんな彼女だが今はヴェレット家の庇護下《ひごか》にある。

これはレイナを他に取られないようにするために俺が考えた措置だ。

当たり前だろう。あんなに苦労したのに横からかっさらわれてたまるか。

彼女も『今はそれでいいでしょう』と納得していたし、いい塩梅《あんばい》に落ち着いたと思う。

話は戻るが、レイナは生徒会を辞めるつもりだった。

しかし、生徒たちから多くの嘆願書が届き、学院側との話し合いの結果、一つ下げた副会長に。新たな会長席には前副会長の俺が就任という流れに落ち着いた。

フローネのためとやっていた努力も無駄にならず、こうして彼女にかえってきたわけだ。

だが、今はそんな終わったことはもういい。

大きな問題が一つ。

「……なんで、こんな羽目に……」

テーブルに置かれた書類のタイトルをチラリと見る。

『アンバルド国王陛下より褒賞《ほうしょう》と称号の授与について』

なんでそんなことになるんだよぉぉぉぉ!!

別に今回の一件で俺はたいしたことをしていない。

せいぜいレイナを手に入れるために頑張ったくらいだが。

それなのにどうして国王様からご褒美《ほうび》が貰《もら》えることになるんだ。

「これじゃあ、俺の人生設計がめちゃくちゃじゃないか……！」

悪役として、好き放題する俺の計画が……あぁ、ダメだ。今から考えていても仕方ない。

せっかくの昼休憩なんだし、睡眠でもしよう。

今日はそれぞれの業務が外回りで、生徒会室には誰もいない。

少しくらいならバレないだろう。

俺はテーブルに置かれた本を手に取ると、アイマスク代わりに顔に被《かぶ》せて現実逃避の世界へと飛び立った。

◇　◇　◇　◇

「レイナ・ヴェ、ハ、レット。ただいま戻りました……って、ふふっ。オウガ君、お疲れみたいですね」

業務を終えて戻ってくると、オウガ君が会長席に身を預けて眠っていた。

普段、彼のこういった気の張っていない姿を見る機会が少ないので、なんだか得した気分だ。

同時にこの生徒会室では安心して眠れるのだという事実が嬉《うれ》しくなる。

それだけ私たちに心を許してくれている証拠だから。

「……どんな寝顔をしているのでしょうか。気になりますね」

彼が本を被《かぶ》せて、顔を隠しているせいで逆に気になってしまった。

寝顔もやはりイケメンなのか、それとも面白い顔になっているのか。

たとえ、どちらでも私からの気持ちに変わりはない。彼にはこれ以上ないほどの感謝をしているから。

きっとあの日のオウガ君の傷ついた姿を、かけてくれた言葉を、与えてくれたぬくもりを私は死ぬまで忘れない。

……いや、死んでも胸に抱いて持っていく。絶対に離したりするものか。

「オウガく～ん、起きてますかぁ……？」

「………………」

「これは熟睡ですね。では、失礼してっと」

起こさないように、そっと、そ～っと本をずらす。

「可愛《かわい》らしい寝顔。少し子供っぽくなるんですね、オウガ君は」

鋭い目が閉じられているからか、いつもよりも年相応の顔つきに見える。

こうして見ていると、彼は年下なんだなぁと思う。

そんな年下に命を懸けて、救われた私はなんと情けない先輩なのだろう。

普段の立ち居振る舞いだとついつい忘れてしまいがちになってしまうけど。

そんな堂々と己を貫く姿が人を惹きつけて、彼の周りにもどんどん人が集まっていく。

オウガ君はどれだけの人の運命を変えたんでしょうね。

「……私も。オウガ君がいなかったら、こんなにも幸せな気持ちを知らずに死んだと思います」

……優しいオウガ君はきっと望まないんでしょうけど、私はあなたのためならなんでもしてあげたい。

私にレイナ・ヴェレットという新しい人生を与えてくれたあなたには。

「……こういうことだって、私はしてもいいんですよ」

彼の顔とずらした本の間に、顔を近づけていく。

他の誰もいない二人きりの空間に、小さな秘密の福音が鳴った。

終

あとがき

おはこんにちこんばんおっぱい!!（流行《はや》れ）

読者のみなさま。一巻以来ということで、お久しぶりです。木の芽《きめ》です。

このたびは【悪役御曹司の勘違い聖者生活】二巻を手に取ってくださり、ありがとうございます。こうして再びみなさまに読んでいただいたこと、大変喜ばしく思っております。

みなさまが一巻を購入してくださったおかげで二巻を出すことができました。改めて感謝を。

今回は一巻では謎多き登場人物であった生徒会長、レイナ・ミルフォンティを中心としたお話でした。

過去としても少々重めの設定でこの重さに呑《の》み込《こ》まれないよう気をつけて、笑いと熱さ、感動を織り交ぜていかに面白くするか。普段はおっぱいのことばかり考えている頭を振り絞って原稿を完成させたのを覚えています。

その結果、みなさまに楽しんでいただければ、これ以上に嬉《うれ》しいことはありませんね。

そういえば、一つ。ご報告したいめでたいことが。

本作のコミカライズが電撃レグルス様で始まっております。作画を担当してくださるのは戦《せん》上《じょう》まい子《こ》先生で、とてもいきいきとしたキャラクターを描いてくださる方です。

漫画でのオウガたちの物語もぜひチェックしてみてください。

それでは残りも少なくなってきましたので、謝辞へと移らせていただきます。

担当のT様。

自分が締め切りを延ばすことをお願いして、かつかつのスケジュールの中、本作をよくするために協力してくださって本当にありがとうございます。様々な面で本当に支えていただいております。これからもよろしくお願いします。

イラスト担当のへりがる様。

今回もテンションが跳ね上がる最高のイラストをありがとうございます。どの絵も好きな限界オタクなのですが、特に口絵の鞭《むち》を持ったレイナが待ち受けにするくらい大好きです。

校正者様、デザイナー様、印刷会社様。たくさんの方々に支えていただき感謝に堪えません。

そして、読者のみなさま。みなさまの応援のおかげでSNSでのキャンペーン（終了済み）やコミカライズなどいくつもの成果を得ることができました。

みなさまの期待に応えられる作品になるように私も一層気を引き締め、精進いたします。

どうかこれからもオウガたちの活躍を応援していただければ幸いです。

次の三巻でみなさまとお会いできるのを楽しみにしております。

それでは、これにて締めさせていただければ。

木《き》の芽《め》

◉木の芽著作リスト

「悪役御曹司の勘違い聖者生活
〜二度目の人生はやりたい放題したいだけなのに〜」（電撃文庫）
「悪役御曹司の勘違い聖者生活2
〜二度目の人生はやりたい放題したいだけなのに〜」（同）

本書に対するご意見、ご感想をお寄せください。

ファンレターあて先
〒 102-8177　東京都千代田区富士見 2-13-3
電撃文庫編集部
「木の芽先生」係
「へりがる先生」係

本書は、カクヨムに掲載された『悪役御曹司の勘違い聖者生活～二度目の人生はやりたい放題したいだけなのに～』を加筆、訂正したものです。

電撃文庫

悪役御曹司《あくやくおんぞうし》の勘違《かんちが》い聖者生活《せいじゃせいかつ》2
～二度目《にどめ》の人生《じんせい》はやりたい放題《ほうだい》したいだけなのに～

木の芽《きめ》

2023年10月10日　初版発行

発行者　山下直久
発行　株式会社KADOKAWA
〒102-8177　東京都千代田区富士見2-13-3
0570-002-301（ナビダイヤル）
装丁者　荻窪裕司（META＋MANIERA）
印刷　株式会社暁印刷
製本　株式会社暁印刷

ISBN978-4-04-915239-5　C0193　Printed in Japan

電撃文庫　https://dengekibunko.jp/